CHWEDLAU'R COPA COCH

MELLTITH YN Y MYNYDD

AWDUR

ELIDIR JONES

DARLUNYDD

HUW AARON

atebol

Cyhoeddwyd gyntaf yng Nghymru yn 2021 gan Atebol Cyfyngedig,
Adeiladau'r Fagwyr, Llanfihangel Genau'r Glyn, Aberystwyth,
Ceredigion SY24 5AQ

Dyluniwyd y clawr gan Huw Aaron
Dyluniwyd gan Dylunio GraffEG
Golygwyd gan Adran Olygyddol Cyngor Llyfrau Cymru

www.atebol.com

ngor Llyfrau Cymru

Diolchiadau

Diolch i Delyth, Huw, Rachel a Dad am edrych dros
y testun – i Huw yn enwedig am yr ysbrydoliaeth,
ac i Delyth am bob dim.

Diolch hefyd i bawb o Atebol am eu cefnogaeth,
ac i Elgan am y dylunio penigamp.

Bywgraffiad

Awdur a sgriptiwr o Fangor yw Elidir Jones. Cafodd ei
nofel gyntaf, *Y Porthwll*, ei chyhoeddi yn 2015. Ymhlith
ei waith teledu y mae *Ddoe am Ddeg*, *Arfordir Cymru*, a
Cynefin. Ers 2004, mae'n chwarae'r gitâr fas i'r band Plant
Duw, ac mae'n un o sylfaenwyr y wefan fideowyth.com.
Erbyn hyn mae'n byw ym Mhontypridd gyda'i wraig a'i
gi mewn tŷ llawn llyfrau.

FFION AC ORIG

Deffrowyd Ffion gan ddiferyn o law yn ffrwydro ar ei thalcen. Ac un arall. Ac un arall.

Wrth i'r cymylau agor uwch ei phen, rhuthrodd tua'r mymryn o gysgod yng nghornel yr ystafell cyn i'r cwsg glirio'n llwyr o'i meddwl. Cyn iddi gofio ble'r oedd hi.

Ac yna, wrth syllu ar y glaw yn pistyllu drwy'r tyllau yn y to, llifodd ei holl atgofion yn ôl. Roedd hi yn llofft tafarn y Twll, yng nghanol pentre'r Copa Coch. Pentre cwbl wag, heblaw amdani hithau ac Orig y tafarnwr. Hyd yn hyn, doedd hi ddim yn nes at wybod pam bod pawb wedi gadael y lle ...

Ddoe, roedd hi wedi clywed am gychwyn cyntaf y pentre. Am yr arwyr roddodd y seiliau yn eu lle: Sara, Pietro, Heti, a Nad. Am Casus, fradychodd nhw dafliad carreg o ble roedd hi'n sefyll. Ac am yr Horwth, y bwystfil oedd unwaith wedi taflu cysgod brawychus dros y wlad, ei esgyrn bellach yn gorwedd yn bentwr ar droed y mynydd.

A heddiw ... heddiw roedd Orig wedi addo stori arall.

Gwnaeth Ffion ei gorau i ysgwyd y dŵr oddi ar ei dillad, ac agorodd ddrws bach yn y gornel oedd yn arwain i'r dafarn, i lawr rhes serth o risiau pren.

Yno roedd Orig yn pwyso ar y bar ac yn byseddu drwy lyfr mawr glas. Llyfr Pietro, y mynach oedd wedi ysgrifennu am holl anturiaethau arwyr y Copa Coch. Mentrodd Ffion gip dros ysgwydd y tafarnwr. Yn y llyfr, gwelodd balas mawreddog o fewn mynydd, a nifer o raeadrau yn llifo ohono, pob un yn glir fel crisial. Dyn tal mewn mantell hir a masg pren, yn dawnsio wrth i'r wlad losgi o'i gwmpas. Drysau cawraidd mewn wal o graig, a wynebau yn sgrechian wedi'u cerfio ynddyn nhw.

"Gysgaist ti o gwbwl," gofynnodd Ffion, "'ta oeddet ti ar dy draed yn darllen drwy'r nos?"

Caeodd Orig y llyfr rhag ofn iddi weld mwy o luniau.

"Rwy'n mynd i'r drafferth o adrodd stori i ti, a dyna tithau'n sleifio o amgylch y lle 'ma a bygwth sbwylio pob dim!" Estynnodd bowlen o dan y bar, yn llawn peli mawr oren. "A finne wedi berwi maip hyfryd i frecwast."

Cymerodd Orig arno ei fod am gymryd y bowlen oddi ar Ffion, cyn rhoi gwên a'i gwthio tuag ati ar hyd y bar. Stwffiodd Ffion y bwyd i'w cheg yn awchus, gan anwybyddu'r arogl cyfoglyd.

ARWYR Y COPA COCH

Nad

Heti

Pietro

Sara

Ymlwybrodd Orig draw at ffenest ac edrych ar y niwl oedd yn gorchuddio'r wlad.

"Tywydd garw," meddai.

"Ti'n meddwl?" atebodd Ffion, wrth wasgu'r glaw o'i gwallt. "Roeddet ti am fynd â fi i mewn i'r mynydd i gael clywed gweddill y stori. Fydd hi'n sych yno, siawns. Dwi'n barod os wyt ti."

Nodiodd Orig. Ac yn fuan ar ôl i Ffion daflu'r belen faip olaf i'w cheg, roedd y ddau yn croesi'r tir agored tuag at yr agoriad du yn ochr y mynydd. Prin roedd Ffion yn medru edrych i ffwrdd o'r ogof wrth iddi dyfu'n fwy ac yn fwy uwch ei phen. Am eiliad, mentrodd gip ar y fynwent oedd bellach wedi lledu dros glwt mawr o dir ger yr agoriad. Rhoddodd Orig fys o dan ei gên a throi ei phen i ffwrdd.

"Dyna ti," meddai, "yn sbwylio'r stori i ti dy hun eto. Rho'r gorau iddi."

Gyda hynny, roedd y tywyllwch wedi'u llyncu.

Safodd Ffion yn gegrwth, wedi'i llorio gan anferthedd yr ogof fawr gron, oedd bron yn fwy na'r pentre ei hun. Ac wedi i'w llygaid gynefino â'r düwch, gwelodd fod yr ogof *yn* bentre, mewn ffordd, gyda chytiau a thai yn dringo i fyny'r waliau ar we o fframiau pren. Roedd y tân oedd wedi dymchwel pentre'r Copa Coch wedi rhuo drwy'r ogof hefyd, a rhai o'r adeiladau wedi llosgi'n ddu a dymchwel i'r llawr.

Safodd Ffion yn llonydd, a sŵn y glaw y tu allan yn torri ar y distawrwydd.

"Mae'n dawel ... " meddai hithau.

"Mae pentrefi gwag yn dueddol o fod yn dawel, Ffion."

"Ond yn dy stori ddiwetha roedd y mynydd yn llawn synau. Lleisiau ysbrydion yn cwyno ac yn bygwth byth a beunydd. Be ddigwyddodd iddyn nhw?"

"Wyt ti'n siŵr dy fod ti'n barod i glywed?"

Dringodd Ffion yn uchel i fyny un o'r fframiau ar y wal ac eistedd arni, ei choesau'n hongian dros yr ochr.

"Mi ydw i rŵan," meddai.

Gwenodd Orig a dringo ar do un o'r cytiau oddi tani, gan symud yn rhyfeddol o chwim am ddyn o'i oed a'i amser. Roedd ehangder yr ogof yn ymestyn ymhell o'u blaenau, cyn diflannu i ddrysfa o dwneli a phydewau tua'r wal bellaf.

"Roedd tua chwe mis wedi pasio ers y frwydr yn erbyn yr Horwth. Chwe mis o ddim byd, fwy neu lai, wrth i ni wneud ein gorau i grafu byw yma. Ond yna, fe newidiodd y cyfan. Diwrnod fel hyn oedd hi, yn digwydd bod, pan gychwynnodd y bennod fawr nesa yn hanes y Copa Coch. Mae hanes *yn* tueddu i ailadrodd ei hun, wedi'r cwbl ..."

Y FERCH Â'R DELYN AUR

Roedd y teithiwr bron â chyrraedd copa'r mynydd pan saethodd cyllell heibio iddi, a'i phlannu ei hun mewn coeden.

Ffion: Dechrau da!
Orig: Diolch. Fi wedi bod yn ymarfer ers neithiwr.

Daeth llais o'r niwl uwch ei phen.

"Dim pellach! Pwy sydd am fentro ar y Copa Coch?"

Taflodd y teithiwr ei dwylo i fyny. Agorodd ei cheg a gwnaeth ei gorau i siarad, ond ddaeth yr un sŵn allan.

Daeth ffigwr i'r golwg o'r niwl. Merch ifanc â gwallt coch, ar gefn ceffyl lliw castan – yn llawer rhy fawr iddi, ond yn ymateb yn reddfol i bob un o'i gorchmynion.

Ffion: Sara!

"Siaradwch!" gorchmynnodd y ferch.

Agorodd y teithiwr ei cheg eto. Y tro yma, daeth sŵn cryg, sych allan wrth iddi wneud ei gorau i ffurfio geiriau.

"So ..." meddai. "So ... so ..."

Pesychodd yn wyllt wrth i Sara neidio oddi ar y ceffyl a thynnu'r gyllell o'r goeden. Brasgamodd y ferch bengoch tuag ati, gwthio ei cheg ar agor, ac astudio ei thonsiliau'n ofalus.

"Wedi colli dy lais, debyg iawn," meddai Sara, cyn byseddu tannau'r delyn aur ar gefn y teithiwr. "Cantores wyt ti? Un gefnog iawn i fedru fforddio telyn fel hyn. A chantores heb lais. Anffodus. Ond dyna be ddaw o'r tywydd 'ma. Dim byd ond gwynt a glaw ers wythnosau. Fydd Pietro yn medru gweithio mas pwy wyt ti. Falle. Dilyn fi."

Dringodd Sara'n ôl ar ei cheffyl a'i droi am y copa gyda chic ysgafn.

"Ymlaen, Dion!"

Ymlwybrodd y ddwy i fyny'r llethr olaf, y gantores yn parhau i ddal ei dwylo uwch ei phen ac yn snwffian bob yn ail gam.

"Fyddi di eisiau hanes y lle 'ma, debyg iawn," meddai Sara. "Yr un ddarlith mae pob ymwelydd yn ei chael. Nid ein bod ni wedi *cael* llawer o ymwelwyr ..."

Cliriodd ei gwddw.

"Croeso i'r Copa Coch. Tan yn ddiweddar, roedd e'n

gartre i fwystfil hunllefus – yr Horwth! Debyg dy fod ti wedi cerdded drwy'i sgerbwd ar y ffordd lan. Ond bellach, mae'n gartre i ffoaduriaid o Borth y Seirff, wedi gadael gormes y ddinas fawr er mwyn byw'n rhydd yn y tir gwyllt. Yn edrych am antur, a pherygl, a thrysor … er … ni ddim wedi bod yn lwcus iawn yn hynny o beth."

Codai ambell adeilad o'r niwl oedd yn cau o'u hamgylch. Daethant yn fuan at ardd ddigon truenus, gyda phedwar o ffigyrau – un dyn a thair o ferched – yn rhoi to gwellt newydd ar stordy bach, ac yn ei orchuddio â chôt o hylif du, trwchus er mwyn ei amddiffyn rhag y glaw.

Roedd un o'r merched yn fawr. Yn fawr *iawn*.

"Heti!" meddai Sara, cyn sibrwd wrth y gantores wrth ei hymyl. "Fyddi di erioed wedi cyfarfod neb mor gryf â Heti fan hyn. Fi wedi'i gweld hi'n ymladd byddin o fwystfilod anferth, ar ben ei hun bach … yr unig beth yw, mae'n cymryd y pentre cyfan i'w thynnu hi mas o'r gwely'n y bore."

Trodd y ddynes anferth tuag ati, a phoeri darn gwydn o feipen allan rhwng ei dannedd.

"Sara," meddai Heti, "os wyt ti'n gofyn i fi ail-wneud y to 'ma, gei di feddwl eto. Nid fy mai i yw e bod y peth wedi dymchwel."

"Bedair gwaith," ychwanegodd y dyn. Chwarddodd y ddwy ddynes wrth ei ymyl yn sur.

Raini a Chen oedd eu henwau, rhai o fegeriaid tref Porth y Seirff oedd wedi dianc i'r Copa Coch yn y gobaith o fywyd gwell. Ac enw'r dyn oedd Jac, Pont y Gof. Meddwyn a chodwr twrw, a ddaeth i'r mynydd oherwydd bod pawb yn y ddinas fawr wedi hen ddiflasu ar ei gastiau.

"Does dim rhaid esbonio'ch hun," meddai Sara. "Nid fi yw brenhines y lle 'ma. Ble mae Pietro?"

"Mae Nad wrthi'n coginio," atebodd Heti, gan syllu'n ddrwgdybus ar y gantores. "Falle bod Pietro'n ei rwystro fe rhag gwenwyno pawb."

"Nad? Yn *coginio*? Yn enw'r Crwydryn!"

Gyrrodd Sara ei cheffyl drwy'r pentre, a'r gantores yn gwneud ei gorau i'w dilyn. Nofiodd llais Jac drwy'r niwl y tu ôl iddyn nhw, a'i ddilyn gan chwerthin y cardotwyr.

"Un newydd yw hon?" gwaeddodd Jac. "Soniaist ti wrthi am y felltith eto, Sara fach?"

Cyn i'r gantores fedru gwneud ystyr o'r rhybudd, gwaeddodd Sara o gefn y ceffyl.

"Nid cogydd yw Nad, ti'n gweld. Consuriwr yw e. A dyw e ddim hyd yn oed yn medru gwneud *hynny'n* dda."

Daethant at lecyn agored tua'r gorllewin. Roedd criw yn sefyll o amgylch stof haearn anferth, ac arogl sur yn llenwi'r awyr.

Roedd Abei y saer coed yno, ynghŷd â Toto a Meli, y seiri

maen. Yng nghanol pawb roedd Nad yn taflu pob math o lysiau a pherlysiau i mewn i grochan ar y stof, yna'n troi'r gymysgedd ddigon ffiaidd yr olwg oddi mewn iddo â dwy lwy oedd yn fwy na fe ei hun. Wrth ei ymyl safai gŵr a gwraig yn rhegi'n swnllyd arno wrth iddo wneud, a dwsin neu fwy o blant yn dawnsio o'u hamgylch, yn chwerthin ac yn gweiddi ac yn chwarae yn y mwd.

Teulu o gogyddion oedd y rhain. Y Tarhaniaid. Doedd neb yn y pentre'n medru cytuno ar faint o blant oedd ganddyn nhw'n union, a phawb yn rhy swil i ofyn. Rhywsut, roedd y llwyth cyfan yn byw mewn un cwt ar gyrion y pentre, a'r plant yn brwydro dros weddillion bwyd a chrystiau bara byth a beunydd. Tyddyn Llwgfa oedd yr enw arno.

"Nad," meddai Sara, gan dorri ar draws yr holl gecru. "Gad y coginio i'r cogyddion!"

"*Ti* oedd y cogydd cyn i rhain gyrraedd," atebodd Nad, gan daflu hadau blaidd i'r gymysgfa. "Cenfigen ydi hwnna dwi'n glywad?"

Cipiodd Sara gwdyn o berlysiau o'i law a thynnu Nad i ffwrdd o'r stof wrth i yntau ollwng y llwyau'n syth.

"Wrth gwrs ddim. Mae gen i fwy o amser nawr i ..."

"I wneud be? Prin 'dan ni wedi gadael y mynydd 'ma ers busnas yr Horwth."

Gwthiodd Sara ei gwefusau ynghyd, gan dynnu Nad tuag

Pentrefwyr Cynnar y Copa Coch

Orig

Jac

Toto

Meli

Abei

Raini

Chen

Y Tarhaniaid

...a mwy o Darhaniaid

ati a thaflu'r cwdyn yn ôl at y Tarhaniaid. Rhedodd y plant ato gan ymladd drosto'n syth.

"Ble mae Pietro?" gofynnodd Sara. Byseddodd Nad y creithiau yng nghorneli ei geg wrth feddwl – yr anaf roedd e wedi'i dderbyn yn ystod y frwydr yn erbyn yr Horwth, ac un fyddai'n aros gydag e drwy gydol ei oes.

"Yn y Twll heno, debyg iawn. Pwy 'di hon?"

"Wrth gwrs!" meddai Sara, yn anwybyddu cwestiwn Nad. "Y Twll amdani. Dewch 'da fi, y ddau ohonoch chi."

Gadawodd y tri wallgofrwydd y cogyddion y tu ôl iddyn nhw, ac anelu am y dafarn yng nghanol y pentre.

NOSON YN Y TWLL

Clymodd Sara ei cheffyl ger mynedfa'r Twll. Roedd y to'n dal heb ei orffen, a dim ond arwydd digon di-fflach oedd yn hongian uwchben y drws.

"Mynach yw Pietro," esboniodd Sara wrth neidio oddi ar ei cheffyl. "Mae'n medru darllen *a* chyfri. Bachgen clyfar ... pan mae e'n canolbwyntio. Pan nad yw e'n rhedeg bant ar ryw drywydd neu'i gilydd."

"Mae hynny'n digwydd *lot*," cytunodd Nad.

Roedd pethau'n symlach fyth y tu mewn i'r dafarn. Y waliau'n blaen, y bar yn ddarn trwchus o dderw garw yn pwyso ar ddwy gasgen, a llechen yn hongian o'r to. Arni roedd enw ambell ddiod wedi'i ysgrifennu â sialc.

Cwrw alabastr
Gwin llwyd o'r Teyrnasoedd Brith
Sudd drewgath (i'r plant!)

Gwyliais innau o'r tu ôl i'r bar wrth i'r tri ddod i mewn. Yn eistedd wrth fy ymyl a phentwr o lyfrau o'i amgylch, roedd Pietro. Edrychodd i fyny, gan hoelio ei lygaid llwydaidd ar y tri ffigwr yn nrws y dafarn.

"Na!" gwichiodd, a rhuthro tuag atynt. "Does bosib?"

Rhedodd ei fysedd dros delyn y gantores, a syllu ar symbol bach wedi'i gerfio ynddi – gatiau haearn, a nodau cerddorol yn hedfan o'u hamgylch.

"Gatiau haearn Theresos," meddai Pietro. "Chi ydi …"

"Soffi o Theresos," torrais innau ar draws o'r tu ôl i'r bar. "Un o gantorion enwoca'r byd. Croeso i'r Copa Coch."

"Mae Theresos ym Mharthenia," ebychodd Pietro'n llawn cyffro. "Hogan o Barthenia! Wel wir. Sut mae'r hen le ers i mi adael? Mor ddiawledig ag erioed?"

Agorodd y gantores – Soffi – ei cheg eto gan dagu, a pheli o boer a baw trwyn yn saethu allan. Dechreuais ferwi tegell a'i hebrwng hithau at y bar wrth i Sara esbonio.

"Wedi colli ei llais, druan bach. Fyddwn i'n disgwyl dim llai ar ôl teithio am ddyddie drwy'r tywydd mawr. Ond os daw ei llais yn ôl, dychmygwch pa mor ddefnyddiol allai hi fod! Un o gantorion enwocaf y byd yn canu am y Copa Coch! *Dyna* beth y'n ni angen i ddenu mwy o bobl yma!"

"Ia," meddai Nad. "Dydan ni ddim wedi bod yn lwcus iawn yn hynny o beth …"

Ar y gair, agorodd drysau'r dafarn a daeth Heti a Jac i mewn, gyda Raini a Chen y tu ôl iddyn nhw, yna Abei, Toto a Meli. Yn olaf powliodd rhes ddiddiwedd o blant y Tarhaniaid drwy'r drysau, y rhieni'n gwneud eu gorau i gadw rhyw fath o drefn. Roedd un o'r bechgyn ifanc wedi llosgi ei fys wrth goginio, ac yn ei sugno un funud ac yn igian llefain y funud nesaf.

Wrth i mi baratoi te fflamgoch i Soffi, edrychodd Pietro o'i gwmpas mewn syndod, yn gofyn iddo'i hun pam bod y pentre cyfan wedi ymddangos ar unwaith.

"Dwyt ti ddim wedi anghofio?" gofynnodd Heti. Gwelwodd Pietro.

"Ydi!" meddai Nad. "Yr un noson mae gofyn iddo fo wneud mymryn o waith, a dyna fo 'di anghofio'n llwyr!"

"Wel," meddai Sara, "mae pawb yma'n disgwyl stori gen ti, Pietro. Well i ti feddwl am un ar frys."

Ffion: Roedd Pietro'n adrodd stori'n aml, felly?

Orig: Unwaith yr wythnos. Dyna un o'r unig bethau i edrych ymlaen ato yn y dyddiau cynnar 'na.

Edrychodd Pietro ar y llu o wynebau'n troi'n ddisgwylgar ato. Aeth yn welwach fyth. Camodd yn ôl ac ymlaen yng nghanol y dafarn, gan oedi i benlinio wrth ymyl y plentyn â'i fys wedi llosgi. Pwysodd ei stwmp o law yn erbyn y briw, a daeth golau hudolus i amgylchynu'r ddau – dyma hud y mynach ifanc, oedd fel arfer yn iacháu toriadau ac anafiadau'n syth. Gwenodd y bachgen o glust i glust, wedi anghofio'r boen yn barod.

"Rŵan 'ta," meddai Pietro'n nerfus, "be am hanes Adil y Clogyn Llaes?"

"Wedi'i chlywed," atebodd Abei.

"Hmm. Y meirw yn cyrraedd Carahasan?"

"Rhy frawychus o lawer i'r plant," meddai Agin, mam y Tarhaniaid. "Gafon nhw hunllefau am fis y tro diwetha."

"Paun yr Heliwr a Physgodyn y Cymylau?"

"Wedi'i chlywed, y bwbach," meddai Jac, "ddwywaith!"

"Go drapia," meddai Pietro. "Mae'n ddrwg gen i. Anghofiais i'n llwyr. Dwi wedi bod yn darllen, ac amser wedi hedfan, a ... a ..."

"Darllen am beth?" gofynnodd Heti.

"Am y mynydd! Am hanes cynharaf y Copa Coch, a'r rhyfel yn erbyn Uran!"

Rhuodd y gwynt y tu allan, gan ysgwyd seiliau'r Twll. Closiodd ambell un o'r plant at eu mam, a thaflodd Nad swyn er mwyn eu cysuro. Saethodd adar tanllyd o'i ddwylo a fflapian o gwmpas y to. Chwarddodd y plant yn swil a rhedeg ar ôl yr adar wrth iddyn nhw ffrwydro'n wreichion.

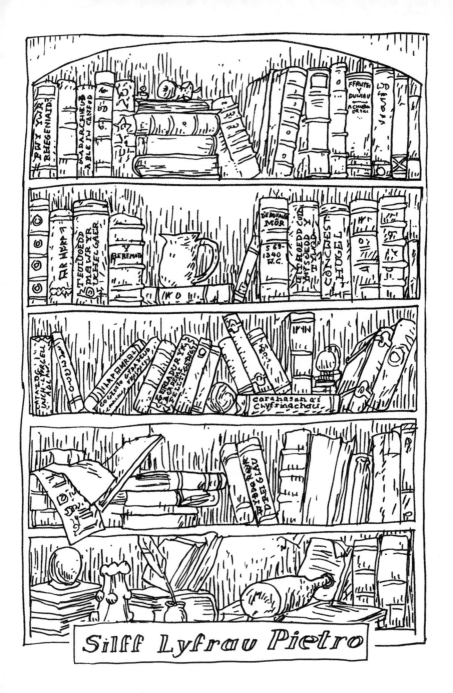

Silff Lyfrau Pietro

Pwysais innau ymlaen ar y bar.

"Stori Uran," mentrais. "Dyna un dwyt ti *ddim* wedi'i hadrodd."

Tawelodd y gwynt, a throdd pawb tuag ataf i.

"Mae pawb yn gwbod y stori yna, hen ddyn," meddai Jac.

"Ydyn," meddwn i, "mae'n un gyfarwydd. Mae'n rhaid fy mod i wedi'i chlywed hi gant a mil o weithiau. Ond am reswm da iawn, Jac. Mae 'na dipyn i'w ddysgu o'r stori fach honno."

"Stori bwysica hanes," mwmiodd Pietro. "Yr unig stori sy'n cyfri, medden nhw ..."

"A wyddost ti be?" dywedais. "Dyw hi byth yr un peth ddwywaith. Cer amdani, Pietro."

Safodd Pietro yn yr unfan. Edrychodd o'i gwmpas, a phawb yn disgwyl iddo gychwyn arni.

Cymerodd anadl ddofn.

YR UNIG STORI SY'N CYFRI

"Does neb yn siŵr o ble y daeth Uran," meddai Pietro. "O wledydd y Tywod Gwyn ymhell i'r de? Neu o'r tiroedd gwyllt y tu hwnt i Adlaw? Neu o ynys goll yng nghanol y Môr Berw? 'Dan ni *yn* gwbod ei fod o wedi cychwyn fel creadur digon di-nod. Ellyll neu bwca neu dylwyth teg. Y math o greadur di-ddim mae pob un anturiaethwr yn gyfarwydd ag o.

"Ond arhosodd pethau ddim felly am byth. Roedd Uran yn awchu am fod yn rhywbeth *mwy*. Dechreuodd effeithio ar feddyliau pawb o'i gwmpas, gan greu byddin fach o ddilynwyr, ac yntau'n llowcio'r pŵer yn farus. Tyfodd yn raddol i fod yn ysbryd nerthol a brawychus. Ac yna, o'r diwedd, yn dduw.

"Ac fel gwobr am fod mor ufudd, cafodd ei ddilynwyr ... bwerau. Does dim byd annaturiol am hynny, wrth gwrs. Mae pob dewin yn y byd yn benthyg pŵer gan y duwiau er mwyn taflu swynion. Ond roedd rhain yn bwerau tywyll, heb unrhyw fath o batrwm, ac yn cael y gorau ar ddewiniaid yn amlach na pheidio. Roedd ei ddilynwyr mwyaf pwerus – ei broffwydi – yn medru dylanwadu ar bobl â'u lleisiau, eraill yn medru newid eu siâp, neu wenwyno'r tir o'u cwmpas a rheoli planhigion. Ac ambell un, medden nhw, yn medru gwneud y cyfan ...

"Fesul fferm a phentref, tref a dinas a theyrnas, lledodd dilynwyr Uran yn bla dros y byd. A thu hwnt i'r byd yma, doedd pethau ddim llawer gwell. Roedd Uran yn bygwth torri i mewn i deyrnas yr uwch-dduwiau eu hunain, y rhai roddodd enedigaeth i'n byd ni, ac i bob byd arall! Roedd rhaid gwneud rhywbeth mawr i sefyll yn ei erbyn. Felly, mil a hanner o flynyddoedd yn ôl, rhoddodd y Pum Brenin i'r gogledd-orllewin y gorau i ymladd yn erbyn ei gilydd, a ffurfio'r Ymerodraeth."

Ffion: Mae'r Ymerodraeth yn dal i ymladd ymysg ei gilydd ...
Orig: Does dim byd yn para am byth, Ffion.

"Dyna, wrth gwrs, gychwynnodd y rhyfel mwya welodd y byd 'ma erioed – rhyfel y duwiau! Ddim yn rhy bell o fan hyn, ar draws y Bae Gwyllt, daeth y ddwy ochr i ymladd. Ac yna, pan oedd y frwydr yn troi yn ei erbyn, daeth Uran

DYFODIAD URAN

ei hun i'r golwg. Creadur o dywyllwch pur, can troedfedd o daldra! Ei ben yn llawn cannoedd o ddannedd miniog, a môr o wreiddiau duon yn ei amgylchynu, gan fygwth tagu'r bywyd o'r tir ...""

"Pietro," meddai Sara'n gyhuddgar. "Canolbwyntia."

Cliriodd Pietro ei wddw.

"Roedd pethau'n edrych yn ddu ar y ddynol ryw. Ac yna ... ŵŵŵŵshh!"

Neidiodd plant y Tarhaniaid mewn braw.

"Seren wib yn plymio o'r nen! Un o'r uwch-dduwiau, wedi dod i lawr i'n hachub! Brwydrodd y ddau, eu hud yn tasgu i bob cyfeiriad, pentrefi cyfan yn cael eu taflu i'r awyr, lle maen nhw'n dal i hedfan heddiw! Doedd gan Uran ddim gobaith o ennill. Cafodd ei ddinistrio'n llwyr. Ei chwalu'n ddarnau mân. Ei sathru'n jeli dan draed yr uwch-dduw! Sbloetsh!"

Giglodd rhai o'r plant hŷn wrth i'r ieuengaf edrych i fyny at Pietro, eu cegau'n agored.

"Ond doedd diwedd y stori ddim yn fêl i gyd. Roedd y frwydr mor ffyrnig fel ei bod wedi rhwygo tyllau mawr yn y bydysawd ei hun! Daeth pob math o fwystfilod a chreaduriaid drwy'r tyllau, o fydoedd eraill. Rydyn ni'n eu galw nhw'n blant Uran. Mae gweddillion un yn gorwedd ar droed y mynydd 'ma ..."

"Yr Horwth," meddai Sara. Aeth ias drwyddi.

"Ac wedi i'r llwch setlo, doedd dim ffordd i'r uwch-dduw ddychwelyd i'w fyd ei hun. Ac felly yma mae o hyd heddiw, yn teithio'r byd yn unig yn rhywle. Y Crwydryn!"

"Does dim byd newydd hyd yn hyn," meddai Jac yn ddihid, a tharo ei law ar y bar gan dasgu llyfrau Pietro ar lawr. "Mae hyd yn oed y plant yn gwbod y stori yma. Mwy o gwrw, Orig."

Rhuthrodd Pietro i godi un o'i lyfrau o'r llawr.

"Ia, ond ... dwi 'di dod o hyd i *fwy*. Tua'r un pryd, roedd 'na frwydr *arall* wedi'i hymladd. Mae 'na ddarnau o gân am y frwydr wedi goroesi. Does gen i ddim llawer o lais, ond alla i drio ..."

"Na!" gwaeddodd pawb ar unwaith. Gwenodd Soffi, wrth dynnu'r delyn oddi ar ei chefn a dechrau rhedeg ei bysedd dros y tannau'n ysgafn, ei cheg yn gwneud siâp geiriau heb i unrhyw sain ddod allan.

Bodiodd Pietro drwy'r llyfr, ei wyneb yn cochi.

"Yn rheoli byddin Uran roedd un o'i weision mwyaf pwerus. Ei gwallt yn nadroedd, ei bysedd yn gyllyll, gwaed du yn llifo drwy'i gwythiennau ... neu dyna sut dwi'n ei dychmygu hi. Yma roedd hi'n byw. Yng nghrombil y Copa Coch. Allwch chi gredu'r peth? Yn amddiffyn y mynydd rhag pawb a phopeth, oherwydd ..."

Cododd ambell un ei aeliau, yn disgwyl ateb, wrth i Pietro fynd ymlaen yn ansicr.

"Wn i ddim, a deud y gwir. Does dim llawer o fanylion eraill wedi goroesi amdani, gan gynnwys ei henw. 'Y Llawforwyn' mae'r haneswyr yn ei galw hi. Ond rydyn ni *yn* gwbod am y cadfridog oedd yn ymladd yn ei herbyn. Drychwch!"

Dangosodd Pietro dudalen o'r llyfr i'r dorf. Arni roedd darlun o ddyn arwrol iawn yr olwg, ei wallt golau'n disgyn yn donnau dros ei ysgwyddau, a phob math o symbolau hud wedi'u cerfio ar ei arfwisg wen. Roedd un o'i freichiau'n noeth, a gwaed ei elynion yn diferu o'i law i'w benelin.

"Gorcan Lawgoch!" meddai Pietro'n falch. "Arweiniodd ei fyddin ar lethrau'r mynydd heb fath o ofn, ei arfwisg wen yn disgleirio, hyd yn oed pan ddechreuodd hi fwrw gwaed o'r awyr wrth i ddylanwad Uran ledaenu dros y mynydd. Hyd yn oed wrth i'w fyddin syrthio'n farw o'i amgylch, gan staenio'r pridd yn goch tan ddiwedd amser. Camodd Gorcan at y Llawforwyn, ei gleddyf uwch ei ben. A ... a ..."

Aeth Pietro'n dawel.

"A *beth*?" gofynnodd Jac. Bodiodd Pietro'n frysiog drwy weddill ei lyfrau.

"Dydi gweddill y stori ddim gen i," meddai'n swil. "Wyddwn ni ddim sut daeth y frwydr i ben. Heblaw fod

Gorcan wedi ennill. Debyg iawn. Ella."

Syllodd pawb ato'n ddisgwylgar.

"Mae'n ddrwg gen i," meddai Pietro. "Doedd y stori 'na ddim yn gorffen yn gryf iawn."

Gwthiodd Jac ei fysedd yn erbyn ei dalcen, yn meddwl mor galed ag y gallai.

"Felly ..." mentrodd, "yr ysbrydion sydd i'w clywed fin nos – hen filwyr y Llawforwyn ydyn nhw, gweision Uran, ar ôl ein gwaed ni! Hy! Dim rhyfedd bod pawb wedi cadw draw o'r mynydd byth ers y frwydr. Mae *melltith* ar y lle 'ma."

Aeth ias drwy'r dafarn wrth i Jac dywallt gwydraid arall o gwrw iddo'i hun.

MELLTITH

Doedd neb yn hoff o sôn am yr ysbrydion. Ond roedden nhw'n bresenoldeb cyson ar y Copa Coch. Roedden ni wedi'u cyfarfod nhw ar y siwrne gynta i grombil y mynydd, wrth gwrs, a'r ysbrydion hyd yn oed wedi lladd Shadrac druan – yr offeiriad oedd bellach yn gorwedd ar waelod llyn yng nghrombil y mynydd. Byth ers hynny, ychydig iawn o nosweithiau oedd wedi pasio heb i rywun eu clywed ar yr awel, eu lleisiau'n sibrwd yn aneglur ac yn griddfan yn dawel wrth nofio rhwng adeiladau'r pentre.

Ar adegau eraill, roedd geiriau pendant i'w clywed. Neu ... nid i'w *clywed* yn union. Roedd 'na sŵn, oedd, ond roedd y geiriau fel petaent yn bodoli'n llwyr yn ein pennau ni. Fel bod yr ysbrydion yn dal i ddefnyddio eu hen iaith nhw, a'r ystyr yn cael ei wasgu allan ohonyn nhw, fel sudd o oren.

Beth bynnag oedd y geiriau gwreiddiol, roedd yr ystyr hwnnw'n gwbl glir. Roedd yr ysbrydion yn ein bygwth ni. Yn gwneud eu gorau i'n dychryn i ffwrdd o'r Copa Coch am byth, a hawlio'r mynydd cyfan.

Dyma ein mynydd, medden nhw. *Ni roddodd ein bywydau drosto. Dros y pridd a'r creigiau a'r ehangder tywyll. Dros y dŵr oer, a'r hen lwybrau a'r twneli cudd oddi tano. Dros y trysor sy'n cuddio o dan wreiddiau ei wreiddiau. Dros y drws a thros yr allwedd. Chewch chi ddim mohonyn nhw. Maen nhw'n perthyn i ni.*

Wrth i'r nos ddisgyn fel blanced dros y mynydd, a'r gwynt ruo y tu allan i waliau'r dafarn, dechreuodd y pentrefwyr sibrwd yn ofnus ymysg ei gilydd, a rhannu eu straeon eu hunain am yr ysbrydion.

Cyn i wallgofrwydd llwyr feddiannu'r dafarn, camodd Sara i ganol yr ystafell.

"Lleisiau y'n nhw," meddai. "Dyna'r oll. Dim ond lleisiau!"

"Lleisiau sydd wedi lladd," meddai Jac. "'Ta wyt ti wedi anghofio be ddigwyddodd i Shadrac?"

"Roeddwn i yno, Jac," heriodd Sara. "Oeddet ti?"

"Roedd hynny yng nghrombil y mynydd," mentrodd Nad. "Eu tiriogaeth nhw. Os arhoswn ni draw o'r lle 'na, be 'di'r broblem?"

Aeth pawb – hyd yn oed Jac – yn dawel. Aeth ati i dywallt diod arall iddo'i hun a'i llowcio'n anniddig.

Cododd llais Heti'n betrusgar o gefn y dafarn.

"Welais i un," mentrodd hi. "Yma, yn y pentre."

y Pentref

Trodd pawb a rhythu arni.

"Ro'n i ar fy nhraed yn hwyr echnos – Pietro yn mynnu darllen yn yr oriau mân eto, a golau ei gannwyll yn llenwi'r stafell."

"Gwell na chwyrnu Nad," meddai Sara. "Diolcha dy fod ti ddim yn rhannu stafell 'da fe."

"Camais tu fas," aeth Heti ymlaen. "Roedd y glaw yn donnau dros y pentre, a minnau'n gwneud fy ngore i gadw'n sych wrth gysgodi yn erbyn y cwt. Ond lle roeddwn i wedi disgwyl dim byd ond tywyllwch, roedd golau rhwng y dafnau o law, yn y pellter ... ond yn agosáu.

"Daeth darnau gwahanol o'r ysbryd yn gliriach, fesul un. Dillad carpiog ac arfwisg dyllog. Helmed uchel, a chyrn bwystfil yn tyfu ohoni. Hen fwyell yn ei law, sandalau am ei draed ... a'r rheini'n nofio uwchben y llawr.

"Cododd y peth ei fys yn araf i bwyntio'n syth ata i, ei geg yn agor yn bydew mawr du, ei dafod yn chwifio o ochr i ochr fel llysywen farw. Chwythodd chwa oer o wynt rhwng cytiau'r pentre, a diflannodd y ffurf o 'mlaen yn bwff o fwg, gan fy ngadael ar fy mhen fy hun unwaith eto. Roedd cysgu hyd yn oed yn anoddach wedi hynny, coeliwch chi fi."

Ffion: *Chwarae teg. Doedd Heti ddim yn un ffôl am dweud stori.*

Orig: *Beth amdana i?*
Ffion: *Iawn wyt ti.*
Orig: *Hmff.*

Taflodd Jac ddiod i lawr ei gorn gwddw, a pharatoi un arall yn syth.

"Welais i un hefyd," meddai Meli. "Fi'n meddwl. Ond roedd hynny ar ôl ambell ddiod. Ro'n i'n gobeithio mai dychmygu'r peth wnes i ..."

"A fi," ychwanegodd Chen yn swil. "Criw ohonyn nhw, yn hedfan yn ôl i'r mynydd wrth iddi wawrio."

"Maen nhw'n dod yn ddewrach," meddai Jac, "ac yn *gryfach*."

Closiodd plant y Tarhaniaid at eu rhieni, a dagrau ar fochau ambell un. Rhoddodd Nad gynnig ar jyglo er mwyn codi eu calonnau.

"Mae'n ddrwg gen i," meddai Heti o'r diwedd gan wrido. "Doeddwn i ddim eisiau dychryn neb."

"Nid pawb sydd wedi dychryn," meddai Jac gan godi ar ei draed a tharo'i wydr i'r llawr, yn ei chwalu'n deilchion yn y broses. "Fi ydi Jac Pont y Gof! Ddylai'r ysbrydion fy ofni *i!*"

Torchodd Jac ei lawes a baglu allan o'r dafarn i mewn i'r nos. Roedd pawb ar y Copa wedi hen arfer â hyn. Prin yr oedd wythnos yn pasio heb i Jac gychwyn ar "antur" – i drechu draig, neu ddarganfod trysor – a dychwelyd yn waglaw bob tro, yn awchu am ddiod.

Anghofiodd pawb amdano'n fuan iawn. Pwysodd Nad yn erbyn y bar, ei ffrindiau'n closio o'i amgylch, wrth i minnau gychwyn ar y gwaith o sgubo'r llawr.

"Llwyddiant arall," meddai Nad. "Dydi dy straeon di byth yn siomi, Pietro."

Dechreuodd un o'r plant sgrechian llefain.

O FLAEN Y DRWS

Llifai'r dyddiau i'w gilydd wrth i'r glaw ddisgyn yn ddidrugaredd.

Aeth y pentrefwyr ymlaen â'r gwaith o dorri coed a phlannu planhigion, codi ffensys a waliau, casglu dŵr a pharatoi bwyd. Fin nos, gwnaeth pawb eu gorau i anwybyddu'r synau cwynfanllyd yn rhuo drwy'r pentre, a'r siapiau a'r goleuadau oedd – yn amlach ac yn amlach – yn crwydro copa'r mynydd.

Ddaeth Jac ddim yn ôl.

Wrth i'r niwl gau'n dynnach fyth o amgylch y copa, dechreuodd rhai o'r pentrefwyr gwyno ymysg ei gilydd nad oedd yr arwyr a drechodd yr Horwth yn medru eu hamddiffyn. Ac yn hwyr un diwrnod, daeth y cyfan i'r pen wrth i'r cardotwyr, Raini a Chen, arwain criw at gwt yr arwyr yng nghornel y pentre.

Ffion: *Am y tŵr 'na ym mhen y pentre 'dan ni'n sôn?*

Orig: Mae'n dŵr bellach, ydi. Roedd angen rhywle i roi holl stwff Heti ...

Aeth y cardotwyr ymlaen ac ymlaen am eu ffrind coll. Cuddiodd Toto ym mreichiau ei wraig, Meli, wedi iddo weld ysbryd yn crwydro'r pentre y noson gynt. Gwnaeth y Tarhaniaid amryw o fygythiadau, a mynnu eu bod nhw am ddychwelyd i Borth y Seirff.

Ar hynny, camodd Sara ymlaen ar frys a chyfarch y dorf.

"Ffrindiau," meddai, "dyma ein cartre. Rydyn ni i gyd wedi gadael Porth y Seirff er mwyn dod yma. Er mwyn cael byw yn rhydd, heb frenin nac ymerawdwr nac arch-ddug yn poeri gorchmynion o orsedd uchel."

"Well gen i hynny na phentre'n llawn ysbrydion," sgyrnygodd Raini.

"Gwir bob gair," cytunodd Chen. "Mae Porth y Seirff yn edrych yn brafiach bob dydd ..."

"Mae hawl gan bob un ohonoch chi i deimlo'n ddiogel ar y Copa Coch," aeth Sara ymlaen. "A ni – er gwell neu er gwaeth – sydd i fod i'w amddiffyn."

Ystumiodd tua'r ogof fawr yn codi'n fygythiol y tu ôl i'r pentre.

"Mae'r ateb yn cuddio o dan y mynydd yn rhywle, felly heno, dyna lle'r awn ni. Fi, Heti, Pietro, a Nad. I fynd at

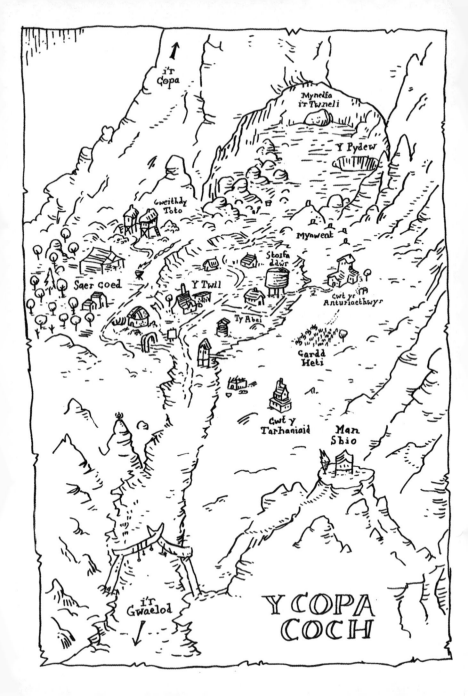

wraidd y drwg o dan y Copa Coch, unwaith ac am byth."

"Dweud mawr," meddai Nad. "Ddylen ni ddim trafod y peth, o leia?"

"Ti oedd yn cwyno ein bod ni heb fod ar antur ers talwm ..."

"Ty'd 'laen, Nad," gwaeddodd Pietro, oedd wedi diflannu i mewn i'r cwt i dyrchu drwy ei lyfrau cyn i Sara orffen siarad. "Cyfle i ddod wyneb yn wyneb â hanes! Be gei di well?"

"Meddylia am y peth," meddai Sara. "Os yw pawb arall yn gadael oherwydd yr ysbrydion 'ma, fydd neb yma ond ni ... a *fi* fydd yn coginio unwaith eto."

Ildiodd Nad i'w ffawd. Eisteddodd yng nghysgod y mynydd, ei lygaid ynghau, er mwyn paratoi ei swynion.

Dechreuodd y dorf adael gan rwgnach ymysg ei gilydd.

"Wel, *fi* ddim am fynd," wfftiodd Heti, gan droi ei chefn ar bawb a phlethu ei breichiau'n styfnig. "Mae gen i wely cynnes fan hyn. A sut mae rhywun i fod i ymladd y pethau 'na beth bynnag? Nid gyda dyrnau nac arfau. Pa ddefnydd fydda i? Na. Diolch yn fawr am y cynnig, ond mae'n well gen i aros."

Trodd ar ei sawdl. Roedd pawb wedi mynd, gan adael Heti o flaen y cwt ar ei phen ei hun. Ochneidiodd yn ddwfn gan daflu cip at yr ogof, a diflannu drwy'r drws.

"Fydda i angen fy nghôt gynhesa," mwmiodd hithau wrthi'i hun. "Mae'n oer yn y mynydd 'na."

HEN LWYBRAU

Wedi i'r haul fachlud dros y Bae Gwyllt, cychwynnodd y pedwar ar eu taith. Dim ond fi oedd wedi mentro i'r gwynt a'r glaw er mwyn ffarwelio â nhw. Buan y diflannais i'n ôl i mewn i'r dafarn wedi iddyn nhw gael eu llyncu gan ddüwch yr ogof, y tywydd wedi mynd yn ormod hyd yn oed i mi.

O fewn y mynydd, doedd pethau ddim llawer cynhesach. Cipiodd Nad y clogyn ffwr oddi ar ysgwyddau Heti a'i lapio o'i amgylch, cyn iddi hithau ei ddwyn yn ôl.

"Cadwa dy ddwylo i ti dy hun," meddai. "Fydda i angen rhyw fath o amddiffyniad rhag yr oerfel 'ma. A rhag yr ... yr ..."

Llyncodd Heti ei phoer cyn gorffen.

"... ysbrydion."

"Wyt ti wir eu hofn nhw?" gofynnodd Nad. "Heti, ti wedi reslo archosawr ac ymladd mwydod maint dreigiau ..."

"Ymladd," atebodd Heti. "Paffio. Codi, llusgo, taflu. Hawdd. Ond yn erbyn y pethau meirw 'ma ... gweision

Uran, filoedd o flynyddoedd oed ... be alla i wneud?"

Tynnodd ei harf oddi ar ei chefn a'i astudio'n ofalus. Styllen – y darn mawr o bren doedd bron byth yn gadael ei hochr. Ers ymladd yr Horwth, roedd Heti wedi gwthio sawl hoelen i mewn iddi, yn gwmni i'r un oedd yno'n barod.

"Fydd Styllen ddim llawer o ddefnydd tro 'ma ..."

Rhoddodd Nad law gefnogol ar gefn ei ffrind.

"Arhosa efo fi. Y pella dwi'n mynd i mewn i'r mynydd 'ma, y cryfa dwi'n teimlo. Mae fel bod 'na rywbeth yma'n fy *mwydo* i, rywsut. Yn atgyfnerthu fy hud. Unwaith i ni gyrraedd y crombil, fydd dim byd yn medru fy rhwystro i."

Camodd Sara tuag atyn nhw, a gwên yn chwarae ar ei gwefusau.

"Mae'n rhaid bod yr ysbrydion 'na'n crynu yn eu sandalau'n meddwl am dy oleuadau prydferth di."

Pwffiodd Nad ei frest allan a thaflu pelen ddisglair i ben arall yr ogof.

"Goleuadau prydferth *iawn*," meddai Nad yn falch.

Datgelodd hollt tua'r cefn, yn arwain yn ddwfn i'r mynydd – yr un pydew roedd yr Horwth wedi taflu ei garcharorion i mewn iddo rai misoedd ynghynt.

Ffion: *Gan dy gynnwys di.*
Orig: *Diolch am fy atgoffa i.*

Brwydrodd y pedwar ymlaen tua'r hollt, un ar ôl y llall. Sara aeth gyntaf, yn symud yn chwim ac yn hyderus ar hyd y waliau. Pietro ddaeth ar ei hôl, yn llithro'n llawn cyffro gan ddefnyddio ei un fraich dda, wrth i ambell garreg fach ddisgyn ar ei ben. Mentrodd Nad i lawr yn araf, yn cymryd gofal rhag disgyn. Ac yn olaf daeth Heti – yn bwyllog i ddechrau, cyn i'w thraed lithro oddi tani. Glaniodd yn swp, a glaw o greigiau'n bownsio o'i chwmpas.

Cododd a brwsio'r cerrig oddi arni, ei hwyneb yn goch, cyn gwneud ei gorau i wasgu ei hun drwy'r agoriad cul yn y gwaelod. Aeth yn sownd hanner ffordd drwy'r hollt, a'r tri arall yn gorfod defnyddio eu holl egni i'w gwthio drwyddi. Rhywsut, llwyddodd Heti i gyrraedd yr ochr draw, gydag ambell fotwm wedi sboncio oddi ar ei belt yn y broses. Dechreuodd Sara biffian chwerthin, cyn arwain y ffordd drwy'r twneli oer o'u blaenau.

Roedd Sara a Heti wedi bod yma o'r blaen. Ond roedd y twneli'n newydd i Pietro a Nad, a golau cyfarwydd y madarch gwyrdd ar y waliau'n gwneud ychydig iawn i dawelu eu nerfau.

"Meddyliwch," meddai Pietro, yn clebran er mwyn gwneud ei orau i anghofio am y tywyllwch o'i gwmpas. "Filoedd o flynyddoedd yn ôl, roedd milwyr Uran yn troedio'r hen lwybrau 'ma. Tydi hynny'n anhygoel?"

"Maen nhw'n dal i'w troedio nhw," atebodd Nad. "Dwyt ti ddim yn codi 'nghalon i rŵan hyn."

"Ty'd 'laen, Nad! 'Dan ni'n byw trwy hanes!"

"Fyddwn ni *yn* hanes os nad wyt ti'n ..."

Roedd y twnnel bellach wedi lledu'n siambr. Rhewodd y pedwar yn eu hunfan wrth i wynt iasoer chwipio heibio iddyn nhw. Yn y gwynt roedd geiriau. Yr un dau air yn cael eu hailadrodd dro ar ôl tro.

Y ffynnon.

Y ffynnon.

Y ffynnon ... y ffynnon ... y ffynnon.

Fe ymladdwn ni drosti, nes i'r moroedd rewi a'r hen goedwigoedd losgi'n ulw. Nes i'r Pum Brenin ddisgyn o'r gorseddau, a'r Pum Duw uwch eu pennau. Nes i ni feddiannu'r ffynnon, ddaw'r frwydr byth i ben.

Tawelodd y lleisiau a gostegodd y gwynt. Safodd y teithwyr yn fud wrth i Pietro daflu sach lawn llyfrau oddi ar ei gefn a byseddu drwy un ohonyn nhw.

"Y ffynnon," mwmiodd wrtho'i hun. "Mae hwnna'n newydd ... does dim sôn am unrhyw ffynnon yn y llyfrau hanes ..."

Disgynnodd Sara ar ei chwrcwd o'i flaen a chau clawr ei lyfr yn glep.

"Maen nhw'n dod yn gryfach," meddai. "Yn fwy hyderus.

Mae'n rhaid i ni frysio."

Brasgamodd y pedwar drwy weddill y twneli, y gwynt yn chwyddo unwaith eto wrth iddyn nhw agosáu at yr ogof anferthol yn y pen – ogof roedden nhw i gyd wedi bod ynddi o'r blaen. O weld maint y lle, roedden nhw'n amlwg ymhell o dan y copa – o dan wreiddiau'r mynydd, hyd yn oed.

Roedd y rhan fwyaf o'r ogof wedi'i llyncu gan dywyllwch, a dŵr bron yr un mor ddu yn ei llenwi, a'r pedwar yn gorfod brwydro am le ar y rhuban tenau o graig ar y glannau. Yma, cyn y frwydr yn erbyn yr Horwth, roedd ysbrydion y mynydd wedi lladd Shadrac yr offeiriad – wedi meddiannu ei gorff a'i daflu i waelodion y llyn.

A bellach roedd corff arall yn disgwyl amdanyn nhw.

"Jac!" gwaeddodd Heti, a rhuthro ato ger glannau'r llyn. Dilynodd Pietro ar frys. Rhoddodd ddau fys ar wddw Jac, Pont y Gof, yn chwilio am guriad.

Edrychodd Pietro i fyny, ei wyneb yn wyn. Ysgydwodd ei ben.

"Sut?" gofynnodd Sara.

"Ofn?" cynigiodd Pietro. "Dwi ddim yn arbenigwr ar y petha 'ma. Hmm. Tybad ...?"

Cyn iddo fedru gorffen, saethodd pelen o olau o'r düwch ym mhen yr ogof. Oedodd uwchben y dŵr am eiliad, yn taflu pelydrau melyn o amgylch y glannau. Symudodd o un teithiwr i'r llall – o Heti, i Nad, i Sara, ac yna Pietro, yn troi cylchoedd o'i flaen. Camodd yntau tua'r golau, yn estyn llaw tuag ato, ond chwipiodd y belen heibio iddo a thua phen arall yr ogof. Mentrodd yn ôl tua'r glannau ddwywaith neu dair, gan droi'n gylchoedd wrth fynd, cyn diflannu un tro olaf yn y tywyllwch dros y dŵr.

"Ysbryd oedd hwnna?" gofynnodd Nad.

"Ia, dwi'n meddwl ..." atebodd Pietro. "A wnaeth o ddim trio ein lladd ni'n syth. Mae hynny'n newyddion da."

Edrychodd pawb tuag ato'n gegrwth.

"Yn tydi?"

RAS YN ERBYN MARWOLAETH

"Be wnawn ni?" gofynnodd Pietro. "Does dim ffordd ymlaen. Ond mae gen i ryw deimlad bod y golau 'na eisiau i ni ddilyn ..."

"Nofio amdani, felly," meddai Nad yn sych.

Dechreuodd Sara dynnu ei chrys, yn barod i blymio i'r dŵr, cyn i Nad roi llaw ar ei braich, yn ei rhwystro.

"Sara ... do'n i ddim o ddifri. Dwi *byth* o ddifri."

Cyn i Sara gael cyfle i ymateb, chwythodd y gwynt unwaith eto, yn poeri dŵr oer drostyn nhw. Ac yn y pellter, cododd byddin o beli gwyn o'r llyn yn araf ac yn dawel, gan symud yn ddiflino tua'r glannau.

Suddodd un yn ddwfn i frest Jac, ac eisteddodd yntau i fyny, ei lygaid yn disgleirio'n wyn.

Trodd tua'r teithwyr, ac esgyrn a chyhyrau ei wddw'n gwichian ac yn cracio wrth iddo wneud. Edrychodd o'i gwmpas yn feddw, ei lygaid yn troi mewn cylchoedd, fel petai wedi anghofio sut i symud.

Tynnodd ei hun ar ei bedwar yn herciog, gan gropian yn frawychus o gyflym tua'r teithwyr fel pry cop mawr, ei dafod yn hongian allan a sŵn parablu difeddwl yn dod o waelodion ei wddw.

Camodd Heti o flaen y tri arall. Gafaelodd yn ffurf Jac gerfydd yr ysgwydd a'i daflu ymhell i mewn i'r llyn. Diflannodd Jac o dan yr wyneb, a dannedd Heti'n dal i glecian a'i chorff yn ysgwyd.

Roedd y peli gwyn yn newid yn y pellter, yn datblygu'n ffurfiau cyfarwydd yr ysbrydion oedd yn aflonyddu ar y mynydd. Dynion a merched mewn arfwisgoedd carpiog a helmau tal, cysgodion o arfau rhydlyd yn eu dwylo.

Camodd Heti'n ôl tua'r fynedfa i'r ogof cyn troi ar ei sawdl a gwibio drwy'r twnnel. Doedd Nad ddim ymhell ar ei hôl. Teimlodd Sara law Pietro arni'n ei thynnu tua'r agoriad, a hithau'n barod i ymladd.

Ar hynny, daeth mwy o ysbrydion i'r golwg, yn toddi drwy'r graig o'u blaenau. Gwenodd un yn gyfrwys a thynnu cleddyf tryloyw o'i belt. Anelodd Sara ergyd tuag ati â chyllell, ond pasiodd y llafn yn esmwyth drwy ei chorff. Cododd yr ysbryd y cleddyf uwch ei phen, ond rowliodd Sara oddi tani cyn brasgamu drwy'r twnnel, a Pietro ychydig gamau o'i blaen.

Ysbrydion y Llyn

Yn fuan iawn ymddangosodd ambell fraich wen, annaearol o'r waliau, a bu'n rhaid i Sara lithro oddi tanyn nhw neu neidio uwch eu pennau er mwyn osgoi cael ei dal.

Rhedodd yn erbyn Pietro, gan roi braich o'i amgylch er mwyn ei wthio yn ei flaen. Neidiodd yntau bron allan o'i groen, ac edrych yn frysiog tuag ati – i weld byddin o ysbrydion yn llenwi'r twnnel, yn anelu'n syth amdanyn nhw, gan hedfan drwy'r awyr, yn heidio dros y waliau, ac yn cropian ar hyd y nenfwd gan riddfan a sgyrnygu.

"Beth bynnag ti'n neud," meddai Pietro rhwng anadlu'n ddwfn, "*paid* ag edrych yn ôl."

Mentrodd Sara gip dros ei hysgwydd.

"Edrychais i'n ôl, Pietro," llefodd hithau.

"Pam dydi hynny ddim yn fy synnu i? Brysia!"

Gydag ofn yn cydio yn eu calonnau ac yn cipio'u hanadl, brwydrodd Pietro a Sara ymlaen, gan roi ychydig mwy o bellter rhyngddyn nhw a'r ysbrydion. Rhedodd y ddau i fyny'r llethrau hir, a chyhyrau eu coesau'n llosgi wrth i synau'r meirw eu dilyn yr holl ffordd.

Cyrhaeddodd y ddau'r hollt yn y graig wrth i Heti wneud ei gorau i wasgu ei hun drwyddi am yr eildro. Ymunodd y tri arall yn y dasg o'i gwthio, a byrstiodd Heti drwy'r twll – ychydig o fotymau'n ysgafnach eto – cyn edrych mewn anobaith at y creigiau serth i bob cyfeiriad o'i chwmpas.

"Allwn ni ddim dianc," bloeddiodd, gan gicio'r wal mewn rhwystredigaeth eto ac eto, a darnau ohoni'n dod yn rhydd wrth iddi wneud. "Wnaeth neb sylweddoli ein bod ni ddim yn medru *dianc*?"

"Roedd 'na bethau eraill ar ein meddwl ..." atebodd Pietro, ac edrych drwy'r hollt. Roedd golau gwyn yn dechrau ymddangos yn y pellter, a lleisiau cwynfanllyd i'w clywed ar yr awel.

Llamodd Sara at y waliau, ei bysedd yn gwneud eu gorau i ddal gafael. Llwyddodd i redeg ambell gam i fyny cyn i ddisgyrchiant gael y gorau arni. Glaniodd ar ei chefn a rhoi ebychiad o boen, y gwynt wedi'i daro allan ohoni.

Canolbwyntiodd Nad am eiliad, cyn ymestyn ei law a saethu bollt o hud drwy'r hollt ac i lawr y twnnel. Ciliodd yr ysbrydion, eu sgrechfeydd iasoer yn atseinio'n ôl drwy'r twnnel ... cyn i'w clebran isel gychwyn unwaith eto, y golau'n cronni'n araf wrth iddyn nhw ddod atyn nhw'u hunain.

"Dyna roi mymryn o amser i ni," meddai Nad.

"I wneud beth?" gofynnodd Sara wrth stryffaglu ar ei thraed. "Mae'n amhosib dringo mas o'r lle 'ma ..."

Daeth llais ymhell uwch eu pennau.

"Peth da bod rhywun wedi dod â rhaff, felly!"

Camais innau i'r golwg gan wenu a thaflu rhaff yr holl

ffordd i'r gwaelod. Wastraffodd Sara ddim amser yn dringo i fyny, gan ei gwthio ei hun dros y top mewn mater o eiliadau.

Ffion: Sut oeddet ti'n gwbod bod nhw yno?

Orig: Rhyw deimlad rhyfedd, ym mêr fy esgyrn ... hynny, a lleisiau'r ysbrydion yn dod drwy loriau'r dafarn. Nid y peth brafiaf i'w glywed ganol nos ...

Pietro ddaeth nesaf, ac yna Nad, yn brwydro'n chwyslyd i fyny'r creigiau wrth i synau'r ysbrydion chwyddo y tu ôl iddo.

"Rheol gynta anturio," meddwn i, a'r chwys yn dechrau llifo i lawr fy wyneb innau wrth dynnu Nad i fyny. "Cofiwch ... ddod â ... rhaff."

Defnyddiodd y pedwar ohonom ein holl egni wrth dynnu Heti i fyny, a hithau'n mewian mewn braw wrth ddod. Llifodd golau gwyn drwy'r agoriad wrth i'r ysbrydion agosáu. Sleifiodd un i waelod y pydew wrth i Heti grafangu dros y top. Wrth i Sara, Pietro a minnau wneud ein gorau i'w thynnu o'r pydew'n ddiogel, taflodd Nad follt arall gan ffrwydro'r ysbryd mewn pwff o fwg. Ailffurfiodd unwaith eto, ac ymlusgo i fyny waliau'r pydew ar ein hôl.

Rhedodd pawb drwy'r ogof, yn cadw llygad y tu ôl i ni wrth i'r fyddin niwlog ein dilyn. Aethant yn wannach wrth i ni agosáu at y pentre, fel petai eu pŵer yn lleihau ar ôl gadael eu hogofeydd. Wedi i ni gyrraedd y Twll, dim ond un neu ddau oedd ar ôl, yn crwydro copa'r mynydd gan udo'n flin.

Caeais ddrws y dafarn yn glep a disgyn yn ei erbyn, yn brwydro am wynt. Roedd Sara, Pietro, Heti a Nad yn chwys oer, wedi disgyn blith draphlith ar hyd y llawr pren, pob awydd i anturio wedi'u gadael. Syllodd Soffi o Theresos yn fud o'r gornel, a Raini a Chen yn craffu'n feddw o'r bar.

Sara siaradodd gynta.

"Da iawn bawb," meddai. "Ein hantur orau eto."

CYFRINACHAU'R FFYNNON

Unwaith i'r teithwyr gael eu hanadl yn ôl, aethant ati i adrodd y stori. Am y daith i'r llyn tanddaearol, a'r ras drwy'r twneli gyda'r ysbrydion ar eu holau, a chorff Jac yn ymosod arnyn nhw. Ar hynny, gwagiodd Raini a Chen eu diodydd er cof am eu ffrind.

"O," meddai Pietro ar ddiwedd y stori, yn byseddu drwy un o'i lyfrau, "roedd gan yr ysbrydion rywbeth newydd i'w ddweud hefyd. Rhywbeth am ffynnon."

Bu bron i mi ollwng y gwydr yn fy llaw.

"Ffynnon?" gofynnais. "Ydych chi'n siŵr mai am ffynnon roedden nhw'n sôn? *Hollol* siŵr?"

Nodiodd Sara.

"Beth yw'r broblem, Orig?"

Syllais yn fud trwy'r ffenest, tuag at y mynydd, cyn dod ataf fy hun.

"Wrth gwrs. Fi wedi bod mor ddall!"

Symudais at y llechen oedd yn hongian o'r to, a sgwrio'r rhestr ddiodydd oddi arni.

"Damcaniaeth yw hyn i gyd, cofiwch. Does dim yn sicr pan mae'n dod at gwestiynau mawr y bydysawd. Ond ... wel ..."

Gafaelais mewn darn o sialc a gwneud cylch ar y llechen.

"Dyma'n byd ni. Yn cynnwys ... wel, popeth, fwy neu lai. Miloedd o flynyddoedd o hanes, oll wedi'i gynnwys o fewn yr un cylch 'ma. Neu ... ddisg. Neu glôb. Does neb yn gwbl siŵr."

Yna cychwynnais ar y gwaith o wneud mwy o gylchoedd bach – degau ohonyn nhw, o amgylch yr un mawr yn y canol.

"Ond mae 'na fwy o fydoedd, medden nhw. Un i'r uwch-dduwiau, wrth gwrs, yn teyrnasu dros bopeth. Un i'r holl dduwiau eraill. Un i'r meirw. A ... mwy. Cant a mil ohonyn nhw. Ambell un ddim yn cynnwys llawer o unrhyw werth. Ond rhai yn cynnwys planhigion rhyfedd. Bwystfilod bach a mawr. A phethau sydd bron mor bwerus â'r duwiau eu hunain. Yn fwy brawychus nag unrhyw hunllef."

O amgylch y cylchoedd, symudais y sialc yn ôl ac ymlaen mewn llinellau anniben yn croesi ei gilydd.

"Rhwng bydoedd, mae afonydd o hud pur yn llifo, o ble mae dewiniaid ein byd ni – fel ti, Nad, a tithau, Pietro – yn cael eu pŵer."

"Mae pawb yn gwbod hyn," meddai Sara. "Pob cyw dewin a chonsuriwr. Hyd yn oed fi."

"Be sgen hyn i'w wneud â ffynhonnau?" gofynnodd Pietro.

Cysylltais yr holl gylchoedd gyda gwe o linellau trwchus, pob un yn arwain yn ei thro at ein byd ni.

"Ble mae'r afonydd 'na'n cyrraedd ein byd ni? *Dyna'r* ffynhonnau. Llefydd o bŵer anferthol. Dim ond llond llaw sydd wedi'u darganfod. Un yn yr Uchelgaer, prifddinas yr Ymerodraeth. Mae sôn am un arall y tu hwnt i Adlaw, ar goll yn y tir gwyllt. A bellach – os yw'r ysbrydion 'ma'n dweud y gwir – ry'n ni'n gwbod bod un yma, o dan y Copa Coch."

Ffion: Ti'n arbenigwr ar hyn, yn sydyn ...

Orig: Dwi'n darllen pob math o lyfrau pan mae'r dafarn yn dawel. Does dim byd gwell. Dwi'n arbenigwr ar ... bopeth, fwy neu lai.

Ffion: Dweud mawr, Orig.

Cymerais gam yn ôl ac edmygu fy ngwaith.

"Mae hyn yn esbonio cymaint! Pam bod hud Pietro a Nad yn gryfach yma. A pham bod yr ysbrydion wedi medru lladd Shadrac ... a Jac erbyn hyn. Dros amser, mae'r ffynhonnau'n ... newid pethau. Yn eu cryfhau. Ac mae'r

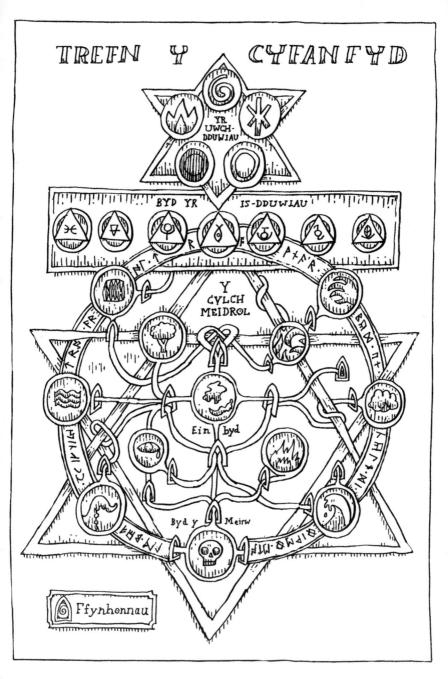

ysbrydion wedi bod yn bwydo ar egni'r un yma am fil a hanner o flynyddoedd. Maen nhw'n rhywbeth gwahanol bellach. Rhywbeth *newydd*."

"Gweision y ffynnon," meddai Pietro, ei lais yn crynu.

"Ia, os wyt ti isio bod yn ddramatig am y peth," meddai Nad. "Felly be ddylen ni wneud, Orig? Gadael yr ysbrydion i'w petha? Gadael y crombil iddyn nhw, a'r copa i ni, a mynd ymlaen efo'n bywyda?"

"Cofia eu bod nhw'n crwydro'r pentre bellach," meddwn. "Fel eu bod nhw eisiau ei feddiannu. Ac maen nhw'n *dal* i gryfhau, diolch i'r ffynnon. Pwy a ŵyr beth fydden nhw'n medru'i wneud nesaf?

"Heb sôn am yr holl beryglon eraill. Does dim dweud beth ddaw *allan* o'r ffynnon."

"Rhywbeth fel yr Horwth ..." cynigiodd Sara.

"Neu'n waeth," meddai Orig. "A beth os daw'r byd i wbod am hyn i gyd? Y pŵer aruthrol, yma o dan ein traed? Mae rhai o ryfeloedd mwyaf hanes wedi'u hymladd dros y ffynhonnau, medden nhw, flynyddoedd maith yn ôl, yn sicr. Ond pan ddaw un newydd i'r golwg o nunlle, a'r Ymerodraeth, y Rhegeniaid, y Teyrnasoedd Brith, a degau o deyrnasoedd eraill oll eisiau cael gafael arni hi? Y'ch chi eisiau i ryfel newydd rwygo'n rhan fach ni o'r byd yn ddarnau?"

"Felly ry'n ni'n cadw'r ffynnon yn gyfrinach," meddai

Heti. "Dweud wrth neb."

Ar hynny, edrychodd pawb i gyfeiriad Raini a Chen ger y bar. Roedd eu llygaid yn rowlio yn eu pennau, ac arogl cwrw'n gryf arnyn nhw, ond roedden nhw'n gwrando ar bob gair. A phetaen nhw'n dychwelyd i Borth y Seirff, fel yr oedden nhw wedi bygwth gwneud yn barod, yn fuan iawn byddai'r stori'n lledu ymhellach, a phob un pennaeth rhyfel o fewn mil o filltiroedd yn troi eu golygon tua'r mynydd ...

"Mae'n rhaid i ni ddinistrio'r ffynnon," meddai Sara o'r diwedd. Roedd pawb yn gwybod yn syth ei bod hi'n llygad ei lle, ond ddim eisiau cyfadde.

"Sut rwyt ti'n bwriadu gwneud hynny?" gofynnodd Heti.

"Penderfynu wrth i ni fynd ymlaen. Fel arfer."

"Wrth gwrs."

"Fydde'n well i ni orffwys gynta, a rhoi cyfle i'r ysbrydion anghofio amdanom ni. Beth am gyfarfod yn y bore? Ger y fynwent?"

"Mae *hynny'n* argoeli'n dda," meddai Nad.

Fesul un, ymlwybrodd arwyr y Copa Coch yn ôl i'w gwlâu, gyda Raini a Chen yn eu dilyn yn anniddig.

Cyn pen dim, dim ond Soffi a minnau oedd ar ôl. Gorffennodd hithau fŵg arall o de fflamgoch cyn ymlwybro i fyny at y gwely roeddwn i wedi'i baratoi ar ei chyfer. Trodd tuag ata i ar ben y grisiau ac agor ei cheg yn araf. Daeth sŵn tagu ... ac yna geiriau'n baglu allan yn herciog ac yn ansicr.

"Mae gen i deimlad," meddai, "y bydd hyn yn gwneud tipyn o gân."

Gwenodd a chau'r drws ar ei hôl. Dechreuais innau gasglu gwydrau a thacluso'r dafarn, yn fodlon bod y te poeth yn dechrau gwneud ei waith.

YR AIL GYNNIG

Roedd Soffi'n dawelach y bore wedyn ac yn pesychu'n ysgafn i mewn i sgarff. Ychydig iawn o fân siarad oedd yno'n gyffredinol wrth i'r pentrefwyr fentro i'r niwl, yn ffarwelio â'r teithwyr am yr eildro.

Ymlwybrodd Heti i'r golwg y tu ôl i bawb, yn llusgo to crwn y stordy bach newydd ar ei hôl, ei hwyneb yn goch. Roedd Sara wedi cael y syniad o rwygo'r to i ffwrdd a'i ddefnyddio fel cwch er mwyn i'r teithwyr groesi'r llyn.

Ffion: Ac roedd pawb wedi cytuno?!
Orig: Dyna'r syniad gorau oedd gennym ni ...

Heti oedd wedi cael y gwaith o'i gludo, wrth gwrs. Cododd hithau'r to ar ei hysgwyddau, yn hyffian ac yn cwyno wrthi'i hun wrth iddi gael ei llyncu gan ei chysgod.

"Wnaethon ni weithio'n galed ar y to 'na," meddai Raini, a Chen yn gwgu wrth ei hymyl.

"Do wir?" atebodd Sara. "Ro'n i'n siŵr fy mod i wedi'ch gweld chi'n lolian ac yn bwyta maip tra oedd Heti'n gwneud y gwaith caled i gyd."

"Bedair gwaith," cwynodd Heti rhwng ei dannedd.

Daeth Nad i'r golwg drwy'r niwl gyda dwy lwy anferth, wedi'u benthyg gan y Tarhaniaid. Rhwyfau.

"Ma rhain yn drwm," meddai rhwng ei ddannedd. "Ti ffansi helpu, Heti?"

Camodd Heti ymlaen tua'r ogof, gan anwybyddu Nad yn llwyr. Ochneidiodd yntau'n drwm a'i dilyn, y llwyau'n llusgo ar ei ôl.

"Dim syniad eto be wnewch chi?" gofynnais i, wrth i Abei a Soffi sefyll yn bryderus y naill ochr i mi.

"Aros yn dawel," atebodd Sara. "Ac yn anweledig. Dod o hyd i'r ffynnon. A ... a ..."

Caeodd Sara ei cheg yn glep. Torrodd chwa o wynt oer drwy'r niwl.

"Ac yn y blaen," meddai Pietro ar ei rhan.

"Os nag y'n ni'n dychwelyd ..." meddai Sara.

"Deall yn iawn," meddwn. "Gadael y pentre. Gwasgaru i'r pedwar gwynt. A gwneud ein gorau i gadw'r ffynnon yn gyfrinach ... mor hir â phosib."

Gyda golwg sydyn i gyfeiriad Raini a Chen yn llechu yng nghysgodion y Twll, mentrodd Sara a Pietro i mewn i'r mynydd ar ôl eu ffrindiau.

Daethant o hyd i Heti a Nad yn hen ogof yr Horwth, yn dal i afael yn y to gwellt a'r llwyau. Roedd y ddau'n craffu i dywyllwch y mynydd, yn gwneud eu gorau i weld unrhyw siapiau gwyn yn crwydro.

Am y tro, roedd y lle'n dawel. Doedd dim byd yn symud yn y cysgodion, a'r ysbrydion wedi cilio i grombil y mynydd neu'n cuddio o dan yr wyneb. Yn disgwyl amdanyn nhw.

Rhoddodd Sara fys yn erbyn ei gwefusau. Roedd yr ystyr yn glir.

Byddwch yn ddistaw. Yn enw popeth da, byddwch yn ddistaw.

Camodd Pietro'n llechwraidd yn ei flaen, a Heti'n ei ddilyn gan ochneidio dan bwysau'r to. Cyn i Nad fynd ar eu holau, plannodd Sara law gadarn ar ei ysgwydd a chodi ei bys eto.

Yn enwedig ti.

Ymlaen â'r pedwar, heibio'r pydew yn y llawr. Mentrodd Pietro gip i'w ddyfnderoedd. Dim arwydd o ysbrydion.

Dim eto.

Brysiodd y criw tuag at agoriad arall ym mhen pella'r ogof. Roedd yn fynedfa i we o dwneli ac ogofeydd llai, yn ymestyn i ddyfnderoedd y mynydd. Dyma oedd cartref Casus, meistr yr Horwth – a'i weision. Ers y frwydr yn eu herbyn, doedd bron neb wedi mentro yma. Roedd yn rhy agos at y crombil, a lleisiau'r ysbrydion i'w clywed yma'n llawer rhy aml.

Sleifiodd y teithwyr heibio i ogof ar ôl ogof, yn llawn barelau a bocsys gweigion ac ambell ddarn llychlyd o ddodrefn. Yn nes ac yn nes at galon y mynydd.

Yn y pen draw, daethant at dwll crwn yn y llawr, lle'r oedd rhaff yn diflannu i'w ddyfnderoedd, a wal isel wedi'i hadeiladu o'i amgylch.

"Ffynnon, ylwch," meddai Nad. "Gawn ni fynd adra rŵan?"

"Shh!" meddai pawb arall ar unwaith, wrth i Sara fodio'r rhaff. Yn ystod eu hantur ddiwethaf, roedd y pedwar wedi dringo i fyny'r union ffynnon yma er mwyn dianc o'r mynydd, gyda chymorth mwydyn anferth – Dion – roedd Nad wedi'i ddofi â'i hud.

Bellach, gorweddai Dion yn farw dan bridd y Copa Coch. A dyma nhw'n mentro i mewn i'r mynydd eto, yn dilyn yr un llwybrau'n union.

Roedd 'na wers yn fan'no yn rhywle.

Llithrodd Sara i lawr y rhaff yn gyntaf, wedyn Pietro, ac wedyn Nad, yn gollwng un o'r llwyau wrth fynd a gorfodi Sara i'w dal. Heti ddaeth yn olaf, wrth gwrs, a hithau a Nad yn gafael yn y to gwellt rhyngddyn nhw wrth iddyn nhw fentro i lawr yn araf, a'r to yn taro yn erbyn y waliau ac yn bygwth torri'n ddarnau cyn cyrraedd y llyn.

Rhywsut, llwyddodd y pedwar i gyrraedd gwaelod y

Pietro

ffynnon heb dorri coes, a gosododd Heti'r to'n ofalus ar ben y twnnel oedd bellach yn ymestyn o'u blaenau, gydag afon fach ddigon ffyrnig o ddŵr glaw yn byrlymu ar ei hyd, yn edrych braidd yn afreal yng ngolau gwyrdd y madarch ar y waliau.

Dion y mwydyn oedd wedi tyllu'r twnnel yn wreiddiol, fel ffordd o ddianc o'r llyn tanddaearol. Rhywdro yn ystod y nos, roedd Sara wedi cofio am fodolaeth y twnnel, a rhesymu y byddai'n medru gweithio'n dda fel "drws cefn" yn ôl at y llyn, yn ffordd o gyrraedd y crombil heb i'r ysbrydion sylweddoli.

Doedd hi ddim wedi cofio pa mor serth oedd e.

Dringodd Pietro i mewn i'r to gwellt, ag awgrym o wên ar ei wyneb.

"Os am wneud hyn," sibrydodd, "ei wneud o'n *iawn*."

Camodd y gweddill i mewn ar ei ôl. Erbyn i Heti sylweddoli beth oedd gan Pietro mewn golwg, roedd hi'n rhy hwyr.

Gwthiodd Pietro'r llwyau yn erbyn y llawr caregog a gwthio'r to yn ei flaen. Llithrodd i lawr yr afon yn gyflymach ac yn gyflymach, cyn bownsio oddi ar y creigiau a dod yn agos at chwalu'n erbyn waliau'r twnnel o'u hamgylch, a darnau o wellt yn hedfan i bobman.

Plannodd Heti ei hun yn erbyn gwaelod y to, gan lapio

ei breichiau amdani a llefain yn dawel. Gafaelodd Nad yn yr ochrau a mwmian gweddi. Gwnaeth Sara ei gorau i osgoi cracio'i phen ar y nenfwd, a phwysodd Pietro ym mlaen y to gan chwerthin fel dyn gwallgo.

Saethodd y pedwar drwy agoriad yng ngwaelod y twnnel a glanio yn y llyn, gan dasgu dŵr i bob cyfeiriad. Rhywsut, roedd y to gwellt – a'i gynhwysion – yn un darn.

Fesul un, wrth i'r to sefydlogi ei hun ar wyneb y llyn, cododd y criw eu pennau uwchben yr ymyl ac edrych o'u cwmpas, bron yn methu credu eu bod yn fyw.

"Dyna hwnna drosodd," meddai Nad rhwng ei ddannedd, oedd yn dal i glecian. "Antur fach hawdd o hyn ymlaen, os gwelwch yn dda."

Cododd y llwyau.

"Reit, pwy sy'n medru rhwyfo?"

Llyncodd Sara ei phoer. Doedd hi ddim wedi meddwl am hyn fel rhan o'i chynllun.

A hwythau'n arnofio ar y to yng nghanol y llyn du, edrychodd y pedwar yn syn o un i'r llall ... cyn setlo, yn y diwedd, ar Heti.

Y MÔR TANDDAEAROL

Er mor frawychus oedd y daith i lawr at y llyn, roedd y daith ar ei draws yn llawer gwaeth, diolch, yn rhannol, i rwyfo Heti.

Er ei bod hi wedi'i magu ger y dŵr, anaml iawn roedd hi wedi bod mor wirion â mentro arno. Brwydrodd gyda'r rhwyfau fel petaen nhw'n seirff, y to gwellt yn siglo'n wyllt o ochr i ochr gan fygwth taflu pawb i mewn i'r dyfroedd. Trwy'r cyfan, gwnaeth pawb eu gorau i aros yn dawel. Nad oedd yn gyfrifol am y sŵn mwyaf – wrth iddo wagio cynhwysion ei stumog dros yr ochr.

Ffion: *Dwi'n cydymdeimlo. Gefais i hynny wrth hwylio yma ar draws y Môr Ymerodrol.*
Orig: *Paid â sôn. Fi'n tueddu i deimlo'n sâl yn y bath.*

Yn ddigon buan, serch hynny, roedd y to wedi hercian i ganol y llyn, ac wedi gadael golau'r madarch gwyrdd oedd yn goleuo crombil y mynydd ymhell ar ei ôl. Cafodd y cwch ei lyncu gan dywyllwch llwyr, a'r pedwar anturiaethwr yn dechrau dod i ddeall am y tro cyntaf yn union pa mor fawr oedd y llyn. Roedd yn fôr tanddaearol, a dweud y gwir, a bron mor fawr â'r mynydd ei hun, o un pen i'r llall.

Daliai Heti i rwyfo, yn llawer pellach nag yr oedd hi'n disgwyl, gan weddïo ar yr holl dduwiau gwlyb ei bod hi'n mynd i'r cyfeiriad iawn.

Neu i *unrhyw* gyfeiriad.

Chwaraeai'r llyn yn erbyn ochrau'r to. Sisialai awel ysgafn ar draws wyneb y dŵr. Ac wrth i'r cwch bach rhyfedd fentro ymhellach ac ymhellach i mewn i'r ogof, synnodd y teithwyr wrth i wynebau ei gilydd ddod i'r golwg unwaith eto, wedi'u trochi mewn golau gwyrdd tywyll.

Wrth i Heti ddal i rwyfo, pwysodd y tri arall dros ochr y to ac edrych i mewn i'r llyn. O bryd i'w gilydd, roedd smotiau o olau gwyrdd i'w gweld, yn dawnsio ymhell o dan yr wyneb – ac yn llawer mwy na'r madarch bach.

Trodd Sara a Nad at Pietro, yn cymryd yn ganiataol y byddai'n medru esbonio ffynhonnell y golau, ond wnaeth yntau ddim ond ysgwyd ei ben.

Does gan lyfrau mo'r ateb i bopeth, meddyliodd Sara.

Neidiodd Sara'n ôl mewn braw wrth weld golau arall yn ymddangos oddi tani. Golau gwyn, yn codi'n nes ac yn nes ati. Ac yna daeth sibrwd, yn nofio o bellafon yr ogof.

Fe ymladdwn ni drosti. Nes i ni feddiannu'r ffynnon, ddaw'r frwydr byth i ben.

Teimlodd Pietro chwys oer yn diferu i lawr ei dalcen wrth i fwy o'r goleuadau ymddangos. Cyn hir, roedd y llyn yn llawn peli o olau gwyn, yn codi'n bwyllog tuag atyn nhw.

Doedd dim dianc.

Ymbiliodd Sara ar Heti i rwyfo'n gyflymach. Syllodd hithau'n ôl yn anobeithiol, gydag un cwestiwn yn glir yn ei hwyneb.

I ble?

Cododd ambell helmed dryloyw uwchben y dŵr. Yna pennau'r ysbrydion, gyda phydewau du lle roedd llygaid wedi bod. Eu harfau ddaeth wedyn – hen fwyeill a chleddyfau a gwaywffyn, yn edrych mor finiog ag erioed.

Ymhen dim, roedd yr ysbrydion wedi amgylchynu'r cwch yn llwyr ac yn hedfan tuag ato, eu cegau'n hongian ar agor yn ddifywyd.

"Gawn ni siarad rŵan, dwi'n cymryd," meddai Pietro.

"Gawn ni sgrechian?" gofynnodd Heti, wedi gollwng y rhwyfau a chilio yn erbyn ochrau'r to gwellt.

"Mae'n ddrwg gen i," meddai Sara rhwng dagrau. "Mae'n wir ddrwg gen i."

Am unwaith, ddywedodd Nad ddim byd. Gan wneud

ei orau i aros yn gall, eisteddodd ar ymyl y to, ei lygaid ar gau. Yn anarferol o bwyllog, cododd un o'i freichiau i fyny. Rhywle uwch eu pennau, dechreuodd nenfwd yr ogof grynu.

Daeth cawod o greigiau i lawr. Cerrig mân i ddechrau, yna rhai mwy, ac yna ddarnau cyfan o'r to – yr un maint â'r Horwth, neu'n ddigon agos – yn taflu tonnau anferth i'r awyr wrth daro'r llyn.

Plannodd pawb ond Nad eu hunain yn erbyn gwaelod y to. Fesul un, dechreuodd yr ysbrydion sgrechian. Cri hir a main, yn llenwi'r ogof, yn codi uwchben pob sŵn arall.

Y ffynnon! Maen nhw'n dinistrio'r ffynnon! I'r deml! I'r deml! I'r deml ar unwaith!

Plymiodd yr ysbrydion o dan y dŵr fel pysgod, gan adael yr anturiaethwyr ar eu pennau eu hunain eto, yn gwneud eu gorau i amddiffyn eu hunain rhag y creigiau oedd yn disgyn o'u cwmpas ... yna'n arafu ... yna'n diflannu'n llwyr, fel petaen nhw erioed wedi bodoli.

Agorodd Nad ei lygaid. Yn hamddenol, trodd at ei ffrindiau. Ysgydwodd Sara gerfydd ei hysgwydd, a mentrodd hithau edrych o'i chwmpas.

"Y creigiau ..." meddai. "Ble mae'r creigiau?"

"Un o fy nhrica bach i," atebodd Nad.

"*Ti?*"

"Dipyn gwell na thaflu gola er mwyn diddanu plant y pentre. Ond mae hud gymaint haws yma. Rhaid ein bod ni'n agos iawn at y ffynnon ..."

Neidiodd Sara ar ei thraed a gafael yn Nad gerfydd ei goler.

"Y pwca bach hurt! Roedden ni'n meddwl ein bod ni'n mynd i *farw*!"

"Ond ... doeddech chi ddim, diolch i fi!"

"Faset ti wedi medru *dweud* wrthon ni!"

"Be, a gadael i'r holl ysbrydion 'na wbod am y peth? Wyt ti'n gwbod y peth cynta am anturio, Sara o'r Copa?"

"Ti, heb os nac oni bai, yw'r gwaetha yn y byd i fynd ar antur gyda fe! Tase'r pentre ddim yn dibynnu arnom ni, fyswn i'n dy ollwng di i'r llyn 'ma, a ..."

Bu bron i Sara wneud yn union hynny wrth weld beth oedd yn codi o dywyllwch yr ogof o'i blaen. Gollyngodd ei gafael ar Nad, ei dwylo'n crynu, wrth i wal o graig ymddangos o bellafion yr ogof.

Roedd ffrâm haearn yn glynu wrthi, a hen lifft rydlyd yn hongian oddi arni ar weddillion dwy gadwyn. Y tu hwnt, roedd mwy o'r golau gwyrdd yn tywynnu, yn pelydru o bileri o fetel oedd yn codi o'r graig fel goleudai – yn amddiffyn pen pellaf yr ogof rhag pwy a ŵyr pa ymosodiad.

"Yr ochr draw," meddai Pietro, yn llawn cyffro.

"Ond beth sy 'na, tybed?" gofynnodd Heti, gan wneud ei gorau i rwyfo'r to draw at y lan heb chwalu yn ei herbyn.

"Dwi'n meddwl bod gen i syniad ..." atebodd Pietro. Cyn i unrhyw un fedru ei rwystro, neidiodd at y lan. Stryffaglodd i fyny i'r creigiau, a diflannu ymysg y goleuadau gwyrdd y tu hwnt.

GEIRIAU O'R GORFFENNOL

Crwydrodd Sara, Heti a Nad rhwng y pileri anferth o fetel. Roedd yr awyr yn gawl gwyrddaidd, y goleuni o'r pileri'n gorchuddio'r ogof mewn niwl annaturiol.

"Niwl tu mewn a thu allan," meddai Nad. "Grêt."

Edrychodd Sara o'i chwmpas yn ddrwgdybus, ddim yn medru gweld ei llaw o flaen ei hwyneb.

"Pietro," sibrydodd drwy'r niwl, cyn codi ei llais. "Pietro! Ble rwyt ti?"

Ddaeth dim ateb. Dechreuodd y niwl gwyrdd chwyrlïo o'u blaenau, fel petai rhywun – neu rywbeth – yn taranu'n syth amdanyn nhw.

"Bois!"

Llamodd Pietro o'r tu ôl i un o'r pileri. Neidiodd Sara yn ei chroen, a bownsiodd Nad yn syth i freichiau Heti cyn gollwng ei hun i'r llawr yn llawn embaras.

"Mae hyn yn *anhygoel*! Mae'n mynd i newid *popeth*!"

"Wyt ti'n mynd i ddewis gwneud synnwyr rywdro?" gofynnodd Heti. Symudodd ceg Pietro i fyny ac i lawr yn fud wrth iddo wneud ei orau i ddod o hyd i'r geiriau cywir.

"Mae dangos i chi'n haws nag esbonio," meddai. Cipiodd un o gyllyll Sara o'i belt a phrocio'i fys, a'r gwaed yn cronni'n syth cyn diferu i'r llawr. Rhoddodd y gyllell yn ôl i Sara'n ddigyffro.

Caeodd Pietro ei lygaid, yn canolbwyntio'n galed, yn ymestyn ymhell i'w storfeydd hud. Daeth ambell belen o olau gwyn o'i stwmp o law ... ond dim digon i gau'r briw. Daliodd y gwaed i ddiferu.

Camodd Pietro ymhellach o'r pileri, ac allan o'r niwl gwyrdd. Llifodd yr hud ohono, fel petai wedi agor tap dŵr.

"Dyw'r hud ddim yn gweithio ..." meddai Sara. "Nid pan ti'n sefyll wrth y pileri 'ma, ta beth."

Taflodd Nad ei law yntau allan a gwneud ei orau i berfformio un o'i driciau. Ffrwydrodd aderyn o dân o'i law a chrawcian yn wan cyn chwalu'n ddarnau mân a chwythu i ffwrdd. Meddyliodd Nad yn galed.

"Dydi'r hud ddim yn gweithio," meddai'n hyderus. "Sgen ti esboniad, Pietro?"

"Meleciwm!" bloeddiodd Pietro, a thaflu ei freichiau i'r awyr.

"Unrhyw funud nawr," meddai Heti. "Mae'n mynd i wneud synnwyr *unrhyw* funud."

"Mae'n fath o fetel," esboniodd Pietro. "Math arbennig iawn. Yn eithriadol o gryf, byth yn rhydu ... flynyddoedd maith yn ôl, roedd meleciwm yn arf pwerus yn erbyn holl ddewiniaid y byd. Mae'n blocio hud, 'dach chi'n gweld. Y duwiau'n unig sy'n deall sut."

Ffion: Sut dydw i erioed wedi clywed am hyn?

Orig: Mae 'na ddigon o bethau dwyt ti ddim wedi clywed amdanyn nhw, dwi'n siŵr. Brwydr Cleddau'r Gwynt? Storm fawr Trecual? Llewod y Diffeithdir Coll?

Ffion: Och. Iawn. Ers pryd rwyt ti mor hollwybodus?

"Mae'n eithriadol o brin," aeth Pietro ymlaen. "Does neb wedi dod o hyd i feleciwm ers blynyddoedd maith. Y cloddfeydd wedi mynd yn gwbl sych, medden nhw. Heblaw am yr un yma. I'r cloddwyr adael cymaint o'r stwff yma, yn un darn ... wel, mae'n rhaid eu bod nhw wedi gadael y lle 'ma ar frys. Brys *mawr*."

Yng nghanol darlith Pietro, dechreuodd Nad chwarae yn y baw â'i draed, gan ddatgelu ... rhywbeth. Aeth ar ei gwrcwd, yn brwsio llwch a cherrig mân o'r ffordd, a'r tri arall yn edrych ato fel petai wedi mynd o'i go'.

Cododd yn falch, ei waith wedi gorffen. Roedd saeth wedi'i chrafu i mewn i'r llawr, yn pwyntio'n syth i mewn i'r

MELECIWM

Math o fetel oedd yn cael ei gloddio cyn rhyfel y duwiau, ac ymhell i ganol oes y bwystfilod, oedd Meleciwm. Bellach, does dim Meleciwm crai ar ôl.

Meleciwm Crai

'Gwyrdd-y-gwyll'

Oherwydd ei fod yn disgleirio'n wyrdd mewn ogofeydd a chloddfeydd, roedd yn cael ei alw'n 'Wyrdd-y-gwyll' gan y bobl gyffredin

Roedd yn arf pwerus, yn cael ei ddefnyddio yn erbyn dewiniaid a chonsurwyr, diolch i'w allu rhyfeddol i ddifa hud a lledrith.

Siwt o Feleciwm yn gwrthsefyll hud

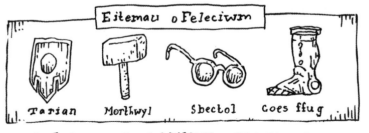

Eitemau o Feleciwm

Tarian   Morthwyl   Sbectol   Coes ffug

Bydd dadansoddiad MANWL a CHYFFROUS o gyfansoddiad cemegol meleciwm ar y dudalen nesaf.

niwl yn chwyrlïo o amgylch y pileri.

"Mae rhywun yn dangos y ffordd," mentrodd Nad. "Neu *rywbeth*."

"Ond sbïwch," meddai Pietro, yn craffu o'i flaen, "mae'r saeth yn dangos lle mae'r niwl yn denau. Oes 'na ffordd drwy'r lle 'ma, sgwn i?"

Brasgamodd Pietro i mewn i'r niwl heb ddisgwyl am ateb, gan orfodi pawb i'w ddilyn.

Roedd e'n iawn. Roedd mwy o'r saethau'n dangos llwybr clir drwy'r niwl, yn arwain yn y man at wal gerrig ym mhellafion yr ogof.

Rhedodd Sara ei dwylo dros y graig. Hyd yn oed yn y tywyllwch, roedd hi'n medru dweud bod y wal wedi'i gwneud o ddegau o greigiau wedi'u pentyrru yn un domen flêr. Rhywle uwch ei phen gallai glywed gwynt yn sisial yn fain. Carlamodd fel gafr i fyny'r llethr o greigiau a gwneud ei gorau i wthio drwy hollt gul o dan y nenfwd.

O'i blaen, mewn twnnel cudd y tu hwnt i'r wal, roedd y belen fach felen yn disgwyl amdani, yn troi'n gylchoedd mewn cyffro.

"Fi'n credu y medra i ffitio," meddai wrth i'r tri arall ddal i fyny â hi, "os y'n ni'n symud rhai o'r creigiau 'ma. Heti?"

"Symud pethau trwm," atebodd Heti'n flinedig. "Wrth gwrs."

Dechreuodd frwydro i fyny'r llethr, a'r creigiau'n rowlio oddi tani. Disgynnodd ar ei hyd ambell waith a stryffaglu ar ei thraed er mwyn rhwystro'i hun rhag llithro.

Roedd hi bron â chyrraedd Sara pan ddaeth y lleisiau o'r llyn.

Celwydd. Celwydd! Mae'r gelyn yn graff. Yn dwyllodrus. Ar eu holau nhw!

Yn y pellter, cododd yr ysbrydion o'r dyfroedd.

"Dwi'n meddwl eu bod nhw wedi gweld trwy dy driciau di, Nad," meddai Pietro. "Diolch byth bod ambell un arall gennym ni."

"Oes?" gofynnodd Nad, gan deimlo Pietro yn ei wthio drwy'r niwl, yn ôl am yr hen lifft rydlyd.

"Ddaliwn ni nhw'n ôl."

"Gwnawn?"

"Nad, cadw draw o'r meleciwm, da ti. Heti! Sara! Brysiwch!"

Rhuthrodd Pietro a Nad at yr ysbrydion, a Nad yn cadw'n ddigon pell o'r pileri i fedru taflu swynion – rocedi a thân gwyllt a mwy o'i adar fflamgoch – i bob cyfeiriad. Llwyddodd ambell un i ffrwydro yn erbyn yr ysbrydion, rhai o'r gweddill yn aros yn ôl yn wyliadwrus. Hedfanodd ambell swyn arall yn ddiniwed dros y llyn. A thrwy'r cyfan, daliodd yr ysbrydion i ymddangos o'r dŵr.

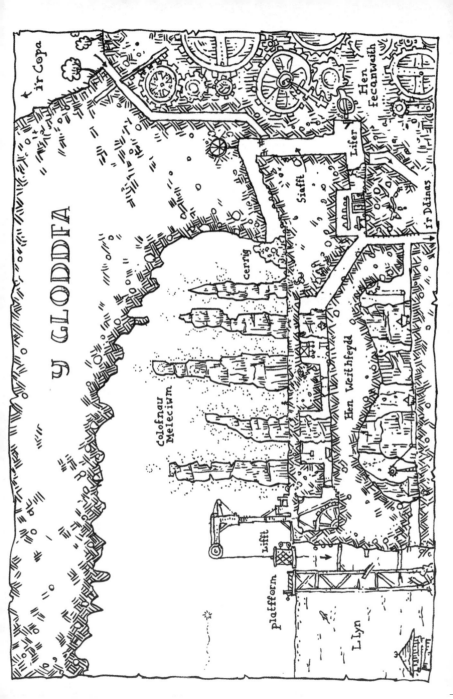

Y GLODDFA

ir Copa

Hen Fecanwaith

Siafft

Lifer

Ir Ddinas

Cerrig

Colofnau
Meleciwm

Hen Weithfeydd

Lifft

platfform

Llyn

"Fi ddim yn siŵr beth yw'r cynllun fan hyn ..." bloeddiodd Heti yng nghefn yr ogof, yn taflu craig ar ôl craig o'r neilltu.

"Na fi," atebodd Sara. "Ond rhywsut fi'n gwbod mai dilyn y golau yw'r peth iawn i'w wneud. Gwna le i mi! Nawr!"

Brwydrodd Heti i glirio agoriad newydd uwchben y pentwr o greigiau wrth i'r meirw barhau i godi o'r llyn – ton ar ôl ton ohonyn nhw, yn heidio fel gwenyn o amgylch Nad druan. Gwibiodd un y tu ôl i Pietro a saethu yn ei flaen, yn anelu'n syth am y consuriwr. Syllodd Pietro tuag ato'n hurt. Doedd dim amser i rybuddio ei ffrind. Dim amser i wneud dim ond agor ei geg a gwylio'n fud wrth i'r ysbryd ...

... hwylio'n ddiniwed dros ben Nad, ei fomentwm yn ei gario ymhell dros y dŵr.

Roedd Nad wedi'i osgoi jest mewn pryd, gan ddisgyn ar ei liniau'n rhyfeddol o gyflym. Ond sut?

Rhedodd Pietro tuag ato a rhoi llaw ar ei ysgwydd. Roedd Nad yn crynu.

"Dydw i erioed wedi dy weld di'n symud fel'na," meddai Pietro. "Sut yn y byd gwnest ti ... ?"

Yng nghanol ei frawddeg, rhewodd Pietro. Llwyddodd i anwybyddu'r ysbrydion yn heidio fel pryfed o'i amgylch. Rhythodd at y lifft oddi tano, ddim yn medru credu ei lygaid ei hun. Trodd Nad a syllu i'r un cyfeiriad yn union.

Yn llawr y lifft, roedd pedwar gair wedi'u naddu mewn

llythrennau mawr, blêr. O'u hedrychiad, roeddent yn hen, hen, gyda mwsog a chwyn wedi tyfu drostyn nhw. Ond roedd y geiriau'n frawychus o berthnasol.

NAD! I LAWR! RŴAN!

YR ALLWEDD

Rowliodd Sara drwy'r bwlch yn y wal a sgrialu i lawr y pentwr o greigiau ar yr ochr arall. Glaniodd ar ei phedwar ac edrych i fyny.

Roedd y golau melyn yn dawnsio ychydig droedfeddi i ffwrdd, yn goleuo'r twnnel cul o'i hamgylch. Cododd Sara ar ei thraed a rhedeg ar ei ôl, y golau'n aros ychydig gamau o'i blaen drwy'r adeg.

Gwibiodd drwy'r twnnel wrth iddo ddechrau dringo i fyny, ac wrth i'r llwybr droelli a'r waliau gulhau ymhellach. Heb y golau, fe fyddai hi wedi bod ar goll yn llwyr.

Sgrialodd Sara i stop ar lannau siafft yn llawn dŵr. Uwchben y dŵr roedd gweddillion bariau haearn yn gwthio allan o'r graig, fyddai wedi'i rhwystro rhag cyrraedd y siafft petai eu hanner ddim wedi rhydu'n ddim. Gafaelodd Sara yn waliau'r twnnel wrth i gerrig mân lithro o dan ei thraed a disgyn i mewn i'r pwll, gan suddo o'r golwg yn llwyr.

Dwfn, felly.

Ffion: *Rargol, ma'r mynydd 'ma'n beryg.*
Orig: *Ti'n siŵr dy fod ti eisiau gweld y lle?*
Ffion: *Wrth gwrs!*
Orig: *Braf clywed. Fi wedi pacio brechdanau.*

Gwnaeth y golau gylch bach arall yn yr awyr cyn plymio i mewn i'r dŵr, a thaflu Sara i dywyllwch dyfnach nag erioed. Agorodd a chaeodd ei llygaid sawl gwaith. Doedd dim dianc rhag y düwch. Yr unig beth i'w glywed oedd dŵr yn rhedeg rhywle yn y graig uwch ei phen.

Pwysodd yn ofalus dros yr ochr. Gallai weld y golau'n disgwyl amdani ar waelod y pwll. Ac ai ei dychymyg hi oedd e, neu oedd 'na olau *arall* yno? Golau gwyrdd, yn aros yn gwbl lonydd ...

Doedd dim ffordd yn ôl, a dim ond un ffordd ymlaen.

Ar ôl cymryd un anadl ddofn, plymiodd Sara i mewn i'r pwll a nofio i lawr. Ymhellach ac ymhellach, yn ddyfnach i'r tywyllwch.

Mentrodd agor ei llygaid yn agos at y gwaelod. Yno roedd ei golau melyn, yn dawnsio o amgylch lifer wedi'i osod yn y wal. Lifer gwyrdd.

Meleciwm.

Tynnu'r lifer roedd hi i fod i'w wneud, yn amlwg. A doedd dim amser i'w wastraffu. Roedd ei hysgyfaint yn teimlo'n dynn yn barod.

Defnyddiodd bob gronyn o'i chryfder i lusgo'r lifer i lawr. Y tu hwnt i sŵn ei chalon yn curo yn ei chlustiau, gallai glywed creigiau'n crafu yn erbyn ei gilydd uwch ei phen. Yna clywodd yr un sŵn oddi tani, a gallai deimlo'i hun yn cael ei sugno i lawr.

Roedd y pwll yn gwagio.

Gwthiodd ei hun yn galed yn erbyn waliau'r siafft mewn ymgais i'w gyrru yn erbyn llif y dŵr. Oedodd wrth i'w bysedd gau o amgylch un o'r brics yn y wal, gan ei rhwygo'n rhydd. Cyn taflu'r fricsen o'r neilltu, gwelodd Sara yng ngolau melyn y belen uwch ei phen fod neges wedi'i naddu yn y fricsen.

CYMERA HWN!

Gwelodd fod golau bach gwyrdd arall yn disgleirio yn y twll yn y wal lle bu'r fricsen, a rhywbeth wedi'i osod yno. Yn reddfol, cipiodd hi'r peth oedd yn y twll a nofio at wyneb y dŵr, ei dwylo'n ddyrnau. Gafaelodd yn ochrau'r siafft wrth i'r dŵr ruthro heibio iddi, a'r pwll yn gwagio'n gyflymach ac yn gyflymach.

Mentrodd gip ar y peth yn ei llaw.

Allwedd. Un fach werdd, gywrain.

Roedd yr ysbrydion wedi sôn rhywbeth am allwedd ...

Llithrodd ei throed ar y graig wlyb. Doedd dim amser i'w

wastraffu ar hyn. Stwffiodd yr allwedd i'w phoced a gwneud ei gorau i ddringo'r ychydig droedfeddi oedd ar ôl. Gydag un ymdrech aruthrol, gwthiodd ei hun trwy weddillion y bariau a thros frig y siafft. Gorweddodd ar lawr, yn anadlu'n ddwfn. Ymhell oddi tani, gallai glywed diferion olaf y dŵr yn gwagio o waelodion y pwll.

Dawnsiodd y belen o olau uwch ei phen.

"Hapus nawr?" gofynnodd Sara. Gwibiodd y belen yn ôl i lawr y twnnel. Doedd gan Sara ddim dewis ond neidio ar ei thraed a'i dilyn, rhag i'r tywyllwch ei llyncu.

Y CROMBIL YN AGOR

Roedd twrw'r frwydr yn rhuo yn y brif ogof, gyda Nad yn dal i daflu swynion at yr ysbrydion. A diolch i'r pileri o feleciwm y tu ôl iddo, roedd ei storfeydd hud yn dechrau mynd yn isel am y tro cyntaf mewn misoedd.

Wrth i ddafnau o chwys ddechrau britho ei dalcen, gwnaeth ei orau i anwybyddu Pietro a Heti yn cecru'r naill ochr iddo.

"Ti'n *siŵr* nad ti naddodd y neges yn y lifft?"

"Heti, rwyt ti 'di bod wrth fy ymyl i drwy'r amser. Faint o amser sbâr dwi 'di gael i wneud hwnna, ti'n meddwl?"

"Ond dy'n ni erioed wedi bod yma ..."

"Does neb wedi bod yma ers canrifoedd, Heti."

"Felly ... sut?"

"Does gen i ddim ... Heti! Uwch dy ben di!"

Plannodd Heti ei hun yn erbyn y llawr wrth i un o'r ysbrydion saethu tuag ati. Hedfanodd y siâp gwyn yn ddiniwed drwy'r awyr uwch ei phen – ac yn syth tua'r niwl gwyrdd. Sgrechiodd yr ysbryd wrth gael ei lyncu gan y niwl, a ffrwydro'n ddarnau mân.

"Wel," meddai Heti, "mae'r meleciwm yn eu dinistrio nhw. Braf gwybod hynny."

Gwelodd Sara'n rhedeg tuag atyn nhw a rhywbeth yn ei llaw, ei dillad gwlyb yn glynu i'w chroen.

"Unrhyw lwc?" gofynnodd Pietro. Agorodd Sara ei llaw i ddatgelu'r allwedd, a syllodd Pietro arni'n ddiddeall. "Sut mae honna'n mynd i'n helpu ni?"

"Fi ddim yn gwybod," atebodd Sara. "Ond roedd rhywun eisiau i fi ei chymryd. Roedd 'na neges ..."

"Un *arall*?"

Gwyliodd Sara mewn syndod wrth i Nad wneud ei orau i ymladd yn erbyn yr ysbrydion, a'r tu hwnt iddyn nhw, roedd rhywbeth mwy syfrdanol byth yn digwydd.

"Drychwch!" meddai Sara.

Roedd y llyn yn gwagio. Torrodd adeiladau drwy'r wyneb, yn cael eu datgelu am y tro cyntaf mewn canrifoedd maith – tyrau a thoeau uchel, y dŵr yn llifo'n rhaeadrau oddi arnyn nhw, a'r sŵn yn rhuo drwy'r ogof gyfan.

Ffion: *Dinas goll! Dyma* ydi *antur!*
Orig: *Mae'r gorau eto i ddod ...*

Llwyddodd Pietro i edrych i ffwrdd yn ddigon hir i gipio'r

allwedd o afael Sara. Roedd fel petai'r peth bach yn galw ato fe, wedi ysgogi atgof, yn ddwfn y tu mewn iddo ...

Dros y pridd a'r creigiau a'r ehangder tywyll. Dros y dŵr oer, a'r hen lwybrau a'r twneli cudd oddi tano. Dros y trysor sy'n cuddio o dan wreiddiau ei wreiddiau. Dros y drws a thros ...

"Yr allwedd!" bloeddiodd Pietro. "Wrth gwrs! Dyma hi!"

Fel un, trodd yr ysbrydion i syllu tuag ato. Agorodd eu cegau a daeth sgrech arallfydol allan, yn golchi dros y creigiau a tharo Nad druan oddi ar ei draed.

Yr allwedd! O'r diwedd, yr allwedd!

Wrth i'r ysbrydion symud fel un tuag ato, camodd Pietro'n ôl a baglu dros dalp o feleciwm yn y llawr. Cyn iddo ddisgyn, gwibiodd y golau bach melyn tuag ato o nunlle a suddo i mewn iddo. Ysgydwodd Pietro'n wyllt, fel dyn wedi'i daro gan fellten, cyn rhewi yn y fan a'r lle.

Yna digwyddodd sawl peth ar unwaith.

Trodd llygaid Pietro'n felyn. Sythodd, a hedfanodd rai troedfeddi uwchben y llawr. Agorodd ei ddyrnau a syrthiodd yr allwedd allan. Bownsiodd ar hyd y creigiau. Unwaith. Ddwywaith.

Symudodd Heti'n rhyfeddol o gyflym. Neidiodd ar ôl yr allwedd a'i chipio o'r awyr, yn ei dal yn amddiffynnol yn erbyn ei brest wrth iddi faglu ar y creigiau. Erbyn iddi sylweddoli ei bod hi'n disgyn, roedd hi'n hedfan tuag at y llyn. Gan ddal ei gafael ar yr allwedd, gwnaeth ei chorff yn siâp pêl wrth daro'r dŵr, a diflannu o dan yr wyneb gyda sblash.

Trodd hanner yr ysbrydion tuag ati.

Yr allwedd!

Trodd y gweddill tuag at Pietro.

Y bradwr!

"Y bradwr?" gofynnodd Sara a Nad gyda'i gilydd.

Cododd corff Pietro ymhell i'r awyr uwchben yr ysbrydion, a gwibio fel saeth tuag at ben pellaf y ddinas. Am y tro cynta, gwelodd Sara a Nad beth oedd yno, wedi'i guddio gan ddŵr y llyn.

Yn y pellter roedd stribed anferth o olau gwyrdd. Wal o feleciwm pur yn codi ymhell uwchben tyrau uchaf y ddinas.

Diflannodd Pietro, wedi'i lyncu'n llwyr gan dywyllwch yr ogof. Rhoddodd gweddill yr ysbrydion un sgrech hir arall a gwibio ar ei ôl, gan adael Sara a Nad ar eu pennau eu hunain.

Oddi tanyn nhw, disgleiriodd ambell ddarn mawr o feleciwm yn waliau adeiladau'r ddinas, wedi'u cerfio'n bob math o ffurfiau brawychus. Roedd y dŵr yn dal i wagio, gan ddatgelu'r lle yn ei holl ogoniant arswydus.

"Wel," meddai Nad, "aeth hynny'n dda."

FFION AC ORIG

Eisteddai Ffion ar do un o'r adeiladau oedd yn glynu i'r waliau, ei choesau'n ymestyn dros yr ochr. Oddi tani, roedd cytiau a thyrau llosg yn britho hen ogof yr Horwth, wedi'u hadeiladu ar bennau ei gilydd heb arwydd o gynllun. Eisteddai Orig oddi tani, ei lais yn atseinio o amgylch yr ogof wrth iddo adrodd ei stori.

"Ydi'r ddinas yn fwy na hyn?" gofynnodd Ffion, gan ymestyn ei breichiau ymhell.

"Cymaint mwy," atebodd Orig. "Dyw ein pentre bach ni'n ddim i'w gymharu â hi."

"Ga i ... ga i weld?"

"Hmff. Pam arall wyt ti yma? Dere lawr, da tithe. Mae'n dipyn o siwrne eto."

Gyda bloedd o hapusrwydd, neidiodd Ffion i lawr o do i do, heibio ambell agoriad yn waliau'r ogof, a thwneli a llwybrau cul yn cuddio y tu hwnt iddyn nhw. Glaniodd wrth ymyl Orig, ac arweiniodd yr hen ddyn y ffordd tuag at y pydew yng nghefn yr ogof.

Taflodd Ffion garreg i lawr, a'i gwylio'n bownsio oddi ar y waliau.

"Yn yr holl amser yma," meddai'n betrusgar, "wnaethoch chi ddim meddwl am adeiladu grisia at waelod y pydew 'ma?"

Tynnodd Orig raff o rywle a gwenu'n hunanfodlon.

"Rheol gynta anturio. Cofia ddod â rhaff."

Clymodd Orig y rhaff wrth graig ddigon solet a mentro i lawr fesul cam. Dilynodd Ffion yn syth ar ei ôl. Wedi'r cyfan, os oedd hen ddyn fel Orig yn medru gwneud ...

"Felly," meddai Ffion wrth ddringo, "be oedd wedi cipio Pietro? A pham? A lle'r aeth o, beth bynnag?"

"Yffach," atebodd Orig wrth gyrraedd y gwaelod. "Does dim diwedd ar ei chwestiynau, hyd yn oed pan mae hi'n glynu i'r wal fel llygad maharen."

Glaniodd Ffion wrth ei ymyl.

"Ond mae'n gwestiwn pwysig ..."

"Y cwestiwn anghywir, mae gen i ofn, Ffion."

Rhoddodd Orig blwc ysgafn i'r rhaff, gan ei rhyddhau'n ddidrafferth o'r graig uwch eu pennau. Dechreuodd ei rowlio'n ddolen daclus.

"Nid 'ble aeth e' ddylet ti fod yn gofyn. Nage. Nid ble ..."

Clymodd Orig y rhaff ar ei felt.

"... ond pryd."

Syllodd Ffion yn hurt wrth i'r hen ddyn wthio ei hun drwy'r hollt yng ngwaelod y pydew, a diflannu i grombil y mynydd.

Y MILWR A'R CADFRIDOG

Teimlodd Pietro ei lygaid yn agor.

Roedd y byd fel petai'n siglo'n ysgafn oddi tano. Yn ôl ac ymlaen, yn ôl ac ymlaen. Ymosododd nifer o arogleuon arno ar unwaith. Pren a lledr ... a halen. Halen, yn fwy na dim.

Rhywle yn y pellter, gallai glywed crawcian adar, tonnau'n chwalu yn erbyn rhywbeth, a ... rhuo.

Gwnaeth ei orau i ganolbwyntio ar yr olygfa o'i amgylch. Roedd yn fwy anodd na'r disgwyl, fel petai'n gweld y cyfan drwy niwl.

Ystafell fach o bren. Esgidiau lledr wedi'u gosod yn daclus ger y drws, arfwisgoedd ac arfau wedi'u pentyrru yn y corneli. Lein ddillad yn ymestyn o un wal i'r llall.

Cododd o'i wely, yn erbyn ei ewyllys braidd ...

Na. Nid gwely. Hamoc.

... a phlannu ei draed ar lawr.

Camodd yn simsan ar draws yr ystafell. Teimlodd ei hun

yn rhoi'r esgidiau am ei draed. Estynnodd ei law am ddwrn
y drws.

Ffion: *Be yn y byd sy'n digwydd?*
Orig: *Roedd Pietro'n meddwl yn union yr un peth, coelia di.*

Be yn y byd sy'n digwydd? meddyliodd Pietro wrtho'i hun.

Oedodd ei law ar y drws, dim ond am eiliad, cyn ei wthio
ar agor. O'i flaen roedd ehangder y môr yn ymestyn i bob
cyfeiriad. Ac yn yr awyr ... bwystfilod. Degau ohonyn nhw.

Bwystfilod bach a mawr, yn rhuo ac yn hisian ac yn
chwythu tân, a dynion a merched mewn dillad milwrol yn
marchogaeth ar eu cefnau, oll yn heidio i ffwrdd o'r haul
tua'r dwyrain.

Doedd Pietro ddim eisiau gwneud unrhyw beth ond syllu
ar yr olygfa uwch ei ben, ond doedd ei gorff ddim fel petai'n
gwrando. Camodd at y môr a gollwng ei hun ar raff tuag at
wyneb y dŵr.

Pwysodd ymlaen, un llaw yn dal i afael yn gadarn yn y
rhaff. Astudiodd ei wyneb, wedi'i adlewyrchu yn y dŵr ...

... a syllodd merch ddieithr yn ôl.

Roedd ei chroen yn dywyll a'i gwallt yn ddu, wedi'i
blethu'n gudynnau trwchus. Gwisgai arfwisg ledr wedi'i
staenio'n felyn. Rhoddodd flaenau ei bysedd mewn cwdyn

o amgylch ei chanol, a'u tynnu ar draws ei bochau. Daeth dwy linell felen i'r golwg yno. Gwenodd y ferch yn fodlon, a rhwbio'r lliw oddi ar ei bysedd.

Pwy ydi hon? meddyliodd Pietro. *Ble ydw i?*

Torrodd llais arall ar ei draws. Llais dwfn, ag iddo fin pendant.

"Beth wyt ti'n wneud, filwr?"

Neidiodd y ferch yn ei chroen. Trodd er mwyn edrych tuag at fwrdd y llong uwch ei phen. Arno safai dyn bach main. Roedd ei ben yn foel, wedi'i fritho gan greithiau a phlorod, ond roedd dau stribyn o wallt yn ymestyn o'i glustiau i lawr at ei ên, a'i aeliau'n drwchus ac yn ddu. Gwisgai arfwisg wen sgleiniog, heb farc nac ôl treulio'n agos ati. Wrth ei wregys roedd cleddyf hir yn hongian. Roedd ei fraich chwith yn dod i ben ger y penelin, gyda gweddill ei fraich a'i law wedi'u gwneud o fetel gwyrdd ...

Meleciwm?

... gyda phistonau yn pwmpio ac olwynion yn troi wrth iddo symud.

"Gwisgo mymryn o baent rhyfel, Gorcan," meddai'r ferch. "Gadfridog. Syr."

Gorcan? Gorcan Lawgoch, tybed? Ond gwyrdd ydi llaw'r boi yma. A beth bynnag, mae o wedi marw ers ...

Cofiodd Pietro am ei stori yn nhafarn y Twll. Am y frwydr

ar lethrau'r Copa Coch fil a hanner o flynyddoedd yn ôl, a'r cadfridog dewr oedd yn arwain byddin yr Ymerodraeth.

Doedd hwn ddim yn debyg iawn i'r ffigwr arwrol yn yr holl lyfrau hanes ...

Llusgodd y ferch ei hun i fyny, a dringo ar fwrdd llong hwyliau anferth. Gwelodd Pietro y llong yn iawn am y tro cynta. Arni roedd dwsinau o ddynion a merched, pob un mewn dillad gwyn, yn dringo'r rhaffau ac yn sgwrio'r lloriau ac yn ymarfer ag arfau. Crawciodd haid o ddreigiau wrth iddyn nhw hedfan heibio i'r hwyliau, a'r marchogion ar eu cefnau'n gwneud eu gorau i reoli'r bwystfilod.

"Beth oedd dy enw di eto?" gofynnodd y dyn moel. Sylwodd Pietro nad oedd symudiad ei wefusau ddim cweit yn cydfynd â'r geiriau – ychydig fel yr ysbrydion yng nghrombil y Copa Coch.

"Mantha, syr," atebodd y ferch, "o bentre Pazari."

Pazari? Dinas ydi honna, nid pentre. Yng nghanol anialdir gogledd yr Ymerodraeth ...

"Dyna'r oll y'n ni angen," meddai Gorcan gan duchan. "Ofynnais i am was personol. Rhywun dibynadwy, i roi cyfrwy ar fy ngheffyl, fy ngwisgo i'n y bore, cadw fy nghleddyf yn finiog ... ac maen nhw'n gyrru *gogleddwr*."

Byseddodd arfwisg y ferch yn amheus.

"Mae gwisg byddin yr Ymerodraeth i fod yn wyn, Mantha.

Mantha

Beth yw'r holl felyn 'ma?"

Cododd Mantha ei hysgwyddau'n ddi-hid. Gallai Pietro eu teimlo, rhywsut.

"Fi'n hoff o felyn," meddai hithau.

Roedd y belen o olau 'na'n felyn. Yr un yn y mynydd. Oes 'na unrhyw arwyddocâd i hynny, tybed?

Chwaraeodd awgrym o wên nawddoglyd ar wefusau Gorcan.

"Mae 'na bethau gwaeth nag arfwisg fudr, sbo. Ond gwranda di'n astud, Mantha o bentre Pazari." Trodd i gyfarch pawb ar y llong, ei lais fel petai'n codi uwchben rhuo'r bwystfilod yn yr awyr. "Gwrandewch yn astud, bob un ohonoch chi!"

Trodd y milwyr tuag ato.

"Does dim lle ar gyfer gwendid yma. Nid yn fy myddin i. Gartre, roeddech chi'n ffermwyr ac yn bysgotwyr. Yn dafarnwyr ac yn gogyddion. Yn llyfrgellwyr ac yn arddwyr ac yn dorwyr beddau. Ond bellach, rydych chi'n filwyr!"

Rhoddodd pawb ar y llong floedd yn gytûn.

"Dyw e'n ddim byd i'w ddathlu," bloeddiodd Gorcan yn ôl. "Ry'n ni'n wynebu'r bygythiad mwyaf yn hanes y byd. Duw wedi mynd o'i go!"

Mae hynny'n swnio'n union fel ...

"Uran!" poerodd Gorcan. "Mae miloedd dros y byd yn

fodlon marw drosto, a'r gwaethaf oll yn disgwyl amdanom ni, ei gwallt yn nadroedd, a'i hewinedd yn llafnau miniog – ac yn clywed llais Uran yn ei phen, gyfeillion! Yn ufuddhau i bob un o'i orchmynion, waeth pa mor wallgo. Yn ymddwyn fel llawforwyn iddo, wedi troi ei chefn ar y ddynol ryw!

"Mae hi a'i byddin wedi meddiannu mynydd yng nghanol y tir gwyllt, y tu hwnt i'r môr 'ma."

Mynydd? Y Copa Coch?

"Yno mae Llawforwyn Uran yn disgwyl! Yn newid ei siâp a'i llais, yn llygru'r tir a'r planhigion o'i chwmpas, ac yn teyrnasu fel brenhines dros ei byddin. Yn galw ei duw ati, gan ddefnyddio nerth y mynydd ei hun i bweru ei hud dieflig! Petai hi'n llwyddo, ac Uran yn glanio yma, yn ein byd ni, dyna ddiwedd ar fywyd fel y'n ni'n ei adnabod e. Fydd e'n troi'n uffern byw, gyfeillion. Yn gartre i ddim ond bwystfilod, ac ellyllon, a'i ddilynwyr gwallgo ... y rhai lwcus, ta beth. Os nag y'n ni'n gwneud rhywbeth ynghylch y peth, gyfeillion. Os nag y'n ni'n sefyll, ac ymladd!"

Cododd gwaedd dros y llong wrth i'r milwyr godi eu harfau. Hedfanodd bwystfil anferth yn isel dros eu pennau. Roedd fel morfil gydag adenydd, a degau o filwyr ar ei gefn yn bloeddio eu cefnogaeth.

"Paratowch eich hun. Ry'n ni'n glanio ym Mhenrhyn Enoc o fewn yr awr."

Penrhyn Enoc?

Edrychodd Mantha dros donnau'r môr, a gwelodd Pietro gastell marweddog yn gorchuddio crib o dir yn y pellter. Dyna oedd Penrhyn Enoc, yn sicr. Roedd Nad ac yntau wedi pasio drwy'r lle yn ystod yr antur ddiwethaf. Ond yn eu hoes nhw, dim ond un neu ddau o adfeilion oedd ar ôl, yn glynu'n styfnig i'r creigiau.

Yn eu hoes nhw ...

Felly ... mae'n fil a hanner o flynyddoedd yn y gorffennol, yng nghanol rhyfel y duwiau. Dwi wedi fy meddiannu gan ysbryd yn ail-fyw ei atgofion ... ac mae Brwydr y Copa Coch ar fin cychwyn.

Daliodd Mantha i edrych dros y dŵr am rai eiliadau cyn sibrwd cwestiwn, fel petai'n siarad â hi ei hun.

"Beth yw'r Copa Coch?"

I LAWR ...

"Beth y'n ni am wneud?" gofynnodd Sara.

"Mynd yn ôl i'r pentre, am wn i," atebodd Nad. Roedd yn eistedd ar y graig, yn pigo'r creithiau o amgylch ei geg yn anniddig, ac yn ceisio'i orau i wneud synnwyr o'r ddinas anferth oedd bellach yn llenwi'r ogof oddi tano. "Pacio, a'i heglu hi o 'ma. Dal llong o Borth y Seirff. Gyda lwc, fyddwn ni'n sipian sudd ffrwythau ar un o draethau'r Tywod Gwyn o fewn pythefnos."

"Gadael, pan mae pethau'n dechrau mynd yn ddiddorol?"

"Dyna un gair am y peth. Mae Pietro a Heti wedi mynd, Sara."

"Ac mae'n ddyletswydd arnom ni i'w hachub nhw!"

Chwarddodd Nad yn haerllug.

"Hyd yn oed os ydyn nhw'n fyw, sbia be sy yn ein ffordd ni."

Roedd y rhannau agosaf o'r ddinas i'w gweld yn glir yng ngolau gwyrddaidd y meleciwm, yr adeiladwaith yn gyfuniad rhyfedd o waith carreg syml ar y gwaelod, a cherfiadau mwy cywrain – a llawer mwy brawychus – ar y lefelau uwch. Roedd fel petai'r ddinas wedi'i phentyrru'n haenau ar ben hen gloddfa, ac wedi tyfu y tu hwnt i bob rheolaeth.

"Dinas yn llawn ysbrydion, pob un ohonyn nhw'n chwilio amdanom ni. A wnân nhw ddim stopio chwilio, Sara. Maen nhw 'di marw. Be arall wnân nhw â'u hamsar? Mae'n rhaid i ni fynd. Rŵan."

Teimlodd Sara ei hwyneb yn cochi wrth i'w thymer godi o nunlle. Ond yna daeth syniad i'w meddwl ...

Gwnaeth ei gorau i gadw'i llais yn ddigynnwrf.

"Ti'n iawn, mae'n siŵr."

Cododd Nad ei aeliau.

"Ydw i?"

"A dim ond un ffordd i lawr wela i ..."

Gyda Nad yn ei dilyn, camodd Sara'n ofalus ar y lifft, a syllu'n gegrwth ar y neges o dan ei thraed.

NAD! I LAWR! RŴAN!

"Mae rhywun wedi bod yn gadael negeseuon i ni," meddai, bron wrthi'i hun. "Ti ddim wedi gweld neb yn dilyn, naddo?"

"Heblaw am fyddin o ysbrydion?" chwarddodd Nad. "Naddo. Neb."

Camodd Sara at yr hen olwyn rydlyd yng nghefn y lifft. Gafaelodd ynddi a'i gwthio nes i'r hen gadwyni ddechrau symud. Herciodd y llift i lawr, fesul cam, gan fygwth taflu Nad i ffwrdd. Lapiodd ei hun o amgylch un o'r cadwyni wrth i Sara ddal i weithio, ac wrth i'r hen ddinas goll godi i'w cyfarfod.

Cyn hir, daethant at doeau'r adeiladau uchaf. Gwingodd Nad wrth weld y cerfiadau'n gwgu ac yn sgyrnygu arno, fel petai ei holl storfeydd hud yn cael eu sugno o'i gorff.

Ffion: Lifft i fyny'r Copa Coch fyddai'n syniad da.

Yna neidiodd y lifft eto. Collodd Nad afael ar ei gadwyn. Brwydrodd Sara i aros ar ei thraed wrth iddi wthio'r olwyn ...

Clywodd glec uchel. Gwyrodd y lifft i un ochr wrth i rywbeth dorri ymhell oddi tanynt. Dechreuodd ddisgyn yn herciog. Rhoddodd Sara'r gorau i droi'r olwyn. Gafaelodd yn un o'r cadwyni, y dolenni'n llithro'n boenus rhwng ei dwylo.

Ffion: Hm. Ella ddim.

Disgynnodd Nad ar ei hyd wrth ei hymyl. Brwydrodd i afael yn y lifft ei hun, ond sgrialodd ei fysedd ar hyd yr wyneb rhydlyd.

Ciciodd Sara ei throed allan, a lapiodd Nad ei hun o'i hamgylch. Sgrechiodd Sara wrth i'r lifft lithro o dan ei thraed ... cyn rhwygo'n rhydd oddi ar un o'r cadwyni'n gyfangwbl. Chwalodd yn erbyn y creigiau y tu ôl iddyn nhw, gan adael Sara'n gafael mewn cadwyn oedd yn gwibio i lawr yn ddychrynllyd o gyflym, a dal Nad i fyny ar yr un pryd.

Mae'n rhaid neidio, meddyliodd Sara. *Dy'n ni ddim eisiau cael ein dal ym mha bynnag fecanwaith sy'n pweru'r peth 'ma ...*

Heb feddwl mwy am y peth, gollyngodd ei gafael.

Wrth i weddillion y llift chwalu, hedfanodd Sara a Nad drwy'r awyr a phlymio i mewn i'r ychydig droedfeddi o lyn oedd ar ôl. Trawodd y ddau'r llawr ar unwaith – yn galed – a nofio'n ôl i'r wyneb, yn troedio dŵr wrth i'r llyn wagio o'u hamgylch.

"Hawdd," meddai Nad, ei holl gyhyrau'n sgrechian mewn poen.

"Dyna'r siwrne i lawr," atebodd Sara, yn poeri dŵr. "Os wyt ti'n dal i fynnu rhedeg yn ôl i'r pentre ... sut wyt ti'n cynnig cyrraedd yno?"

Suddodd calon Nad wrth sylweddoli bod Sara wedi'i dwyllo. Astudiodd y creigiau ar ochr arall y ddinas, yn gobeithio gweld llwybr yn mynd am i fyny – ond yn nhywyllwch yr ogof, doedd dim i'w weld ond wal o graig.

Dim ffordd allan.

Wrth i'r llyn barhau i wagio, sylwodd y ddau fod yr holl ddinas wedi'i hadeiladu ar lethr, y dŵr yn llifo i lawr y strydoedd ac i ogofeydd llawer dyfnach.

"Mae'n ddrwg gen i, Nad, ond fyddwn ni wedi gorfod dod y ffordd yma, rywsut."

"Wrth gwrs. Sut gallwn ni beidio ymweld â lle mor hyfryd?"

Edrychodd Sara o'i chwmpas.

"Y duwiau'n unig sy'n gwbod ble mae Heti. Ond os gall unrhyw un oroesi yn y lle 'ma, Heti yw honno. Y llall fi'n poeni amdano ..."

"Welais i Pietro'n diflannu tua phen arall y ddinas. Dwi'n cymryd mai dyna lle ti am fy llusgo i."

"Wrth gwrs."

"Os wyt ti mor glyfar, sut wyt ti'n cynnig dod o hyd iddo fo?"

"Pfft. Hawdd. Pa mor fawr all y ddinas 'ma fod?"

Brwydrodd y ddau i fyny'r llethrau serth. Rhywle ymhell uwch eu pennau, y tu hwnt i ddrysfa o lonydd a iardiau a thyrau a strydoedd cefn, roedd wal werdd anferth yn tywynnu ac yn eu tynnu tuag ati, fel gwyfynod tuag at fflam ...

... AC I FYNY

Doedd Heti ddim wedi paratoi ei hun ar gyfer y boen o lanio yn y llyn.

Yr eiliad ar ôl suddo o dan yr wyneb, roedd hi'n teimlo fel petai ei chorff ar dân. Yna daeth yr oerfel fel blanced rewllyd o'i hamgylch, yn cau'n dynnach amdani wrth iddi ddiflannu o dan y dŵr.

Llwyddodd i agor ei llygaid. Roedd popeth yn ddu ... na. Nid popeth. O'i chwmpas roedd ynysoedd o olau gwyrdd yn nofio yn y gwyll.

Meleciwm!

Ac oddi tani, smotyn bach gwyrdd yn diflannu i'r gwaelodion.

O na! Yr allwedd!

Plymiodd i lawr yn ddyfnach, gan dynnu Styllen oddi ar ei chefn a'i defnyddio i nofio'n gyflymach i ddyfnderoedd y llyn. Doedd hi erioed wedi bod yn nofiwr cryf, ond roedd hi'n teimlo bellach fel petai rhywbeth wedi'i meddiannu. Heb wybod pam yn union, roedd hi'n sicr bod popeth yn dibynnu arni'n cael gafael ar yr allwedd.

Ciciodd ei thraed yn wyllt ac ymestyn ei braich. Cipiodd yr allwedd unwaith eto, a throdd yn drwsgl tua wyneb y llyn. Brwydrodd i'r wyneb gan ddal yr allwedd yn dynn, yn dechrau teimlo ei hysgyfaint yn llosgi. Daeth y boen yn arteithiol wrth iddi ddal i nofio, a Styllen yn ei thynnu i fyny ... ond nid yn ddigon cyflym.

Ysgydwodd ei chôt ffwr oddi ar ei hysgwyddau. Teimlodd yn llawer ysgafnach.

Byrstiodd drwy wyneb y dŵr, gan lowcio aer yn farus. Chwarddodd yn uchel, a'i llawenydd yn ffrwydro ohoni'n ddirybudd ... nes iddi weld yr ysbrydion yn troi fel corwynt uwch ei phen.

Clywodd grawc yn atseinio rhwng yr adeiladau o'i chwmpas, a gwelodd un o'r ysbrydion yn pwyntio braich esgyrnog tuag ati. Cymerodd un anadl fawr arall a diflannodd o dan y dŵr eto.

Nofiodd yn wyllt, heb drafferthu dewis cyfeiriad. Rhywle y tu ôl iddi, clywodd sŵn rhywbeth ysgafn yn plymio i mewn i'r dŵr. Ac eto. Ac eto. Mentrodd gip yn ôl a gweld siapiau gwyn yn saethu i mewn i'r llyn ac yn nofio'n syth i lawr, cyn diflannu yn nhywyllwch y gwaelodion.

Maen nhw'n edrych amdana i. A dyw'r pethau 'ma ddim yn blino ... nac yn boddi.

Heti

Daliodd i gicio'i choesau a rhawio Styllen drwy'r dŵr er mwyn gwthio'i hun ymlaen. Dechreuodd ei hysgyfaint losgi eto. Caeodd ei llygaid yn dynn, yn siŵr ei bod am gael ei dal unrhyw eiliad ...

Crac!

Teimlodd boen yn hollti ei phen. Chwyrlïodd drwy'r dŵr, yn llwyddo i ddal gafael ar ddarn o graig. Tynnodd ei hun i fyny, ar ei heistedd.

Rhywsut, roedd hi wedi llwyddo i nofio at ben arall y llyn, ac yn syth yn erbyn y graig. Estynnodd fys crynedig tuag at ei thalcen. Daeth yn ôl yn goch.

Ciliodd yn erbyn y graig wrth weld ambell ysbryd yn y pellter, yn codi uwchben y dŵr. Ac roedd rhywbeth yn nwylo un ohonyn nhw ...

Fy nghôt!

Heidiodd mwy o'r siapiau o gwmpas yr ysbryd er mwyn craffu ar drysor newydd eu cyfaill, cyn i'r gôt lithro drwy ei law a nofio ar wyneb y dŵr.

Daeth sŵn o geg yr ysbryd. Sŵn crawcian hir. Ymunodd yr ysbrydion eraill, yn clochdar ac yn sgrechian.

Maen nhw'n chwerthin am fy mhen i, meddyliodd Heti. *Yn meddwl fy mod i wedi boddi ...*

Yna sgrialodd yr ysbrydion i bob cyfeiriad wrth i glec uchel atseinio dros rannau uchaf y ddinas, ac wrth i greigiau a darnau o haearn daro'r dŵr ar ochr arall y llyn.

Ffion: *Y lifft! Sara a Nad!*
Orig: *Mae hynny'n ddigon amlwg i ti. Ond doedd Heti ddim yn gwbod y stori'n gyfan, cofia.*

Tra bod sylw'r ysbrydion ar rywbeth arall, llusgodd Heti ei hun ar ben y graig agosaf. Edrychodd i fyny'n ddigalon.

Does gen i ddim gobaith dringo ...

Ymbalfalodd yn erbyn y clogwyn y tu ôl iddi, a bu bron iddi ddisgyn ar ei hyd pan gysylltodd ei bysedd â ... dim byd.

Trodd o'i chwmpas ar ôl sadio'i hun.

Roedd yr agoriad yn gul ac yn llaith, a bron yn amhosib ei weld. Ond roedd yno'n sicr.

Ffordd o ddianc ... ?

Brysiodd Heti drwy'r agoriad, heb roi cyfle i feddwl ddwywaith. Roedd y llwybr yn droellog, ac yn symud i mewn ac allan o'r creigiau. Weithiau'n plymio'n ddwfn i'w canol, weithiau'n troi'n rhodfa denau yn glynu'n ansicr i'r clogwyni.

Ond wastad yn arwain i fyny.

Wedi iddi basio tyrau uchaf y ddinas, roedd Heti'n fwy ac yn fwy sicr ei bod hi wedi gadael yr ysbrydion ymhell ar ei hôl ... nes i un hedfan heibio iddi, yn udo'n isel rhwng mwmian am *ffynnon* ac *allwedd* a *bradwr*.

Disgynnodd Heti ar ei hyd a chlosio yn erbyn y graig, yn gwneud ei hun mor fach â phosib. Sibrydodd weddi o dan ei hanadl a gwylio neidr gantroed yn crwydro'n ddiniwed ar hyd y wal uwch ei phen.

Arhosodd yno ymhell ar ôl i'r ysbryd nofio i ffwrdd. Gadawodd i'r tywyllwch olchi drosti, yn gwrando ar ddiferion yn atseinio yn y pellter.

Rydw i wedi'u colli nhw. Y pethau bach 'na. Pietro. Sara. Nad. Rydw i wedi colli pob un ohonyn nhw. Ac oll oherwydd ...

Syllodd ar yr allwedd yn ei llaw, a rhoddodd ei phen yn ei dwylo.

BYDDIN YR YMERODRAETH

Gwthiodd Mantha drwy'r torfeydd o filwyr, anifeiliaid a bwystfilod oedd wedi ymgasglu ar hyd Penrhyn Enoc. Roedd yr haul wedi codi, a'r fyddin yn cychwyn am y mynydd ... i fod.

Mewn gwirionedd, roedd y rhan fwyaf o'r milwyr yn mynnu gwneud unrhyw beth *ond* eu dyletswydd, yn yfed cwrw gwan, yn chwarae cardiau, ac yn talu llawer gormod o sylw i'r masnachwyr oedd wedi ymddangos o nunlle y tu allan i waliau'r castell.

"Amwledau aur! Aur pur, cofiwch! I'ch amddiffyn yn erbyn holl felltithion Uran!"

"Fyddwch chi'n teimlo fel y Behemoth ei hun yn un o arfwisgoedd Tarben – gof gorau'r Ymerodraeth!"

"Diodydd hud! Yn iacháu unrhyw anaf – o ffêr wedi troi, i gleddyf drwy'r bol! Dau am bris un!"

Sgipiodd canwr rhwng y milwyr, gan floeddio cân ryfel

yn llawn gor-ddweud a dewrder ffug.

Marchogaeth wnawn i ben draw'r byd, fois yr Ymerodraeth!
Gan godi'n harfau oll ynghyd, fois yr Ymerodraeth!
Yng nghysgod du y mynydd mawr, fe darwn ninnau'r wrach i lawr,
A hwylio'n ôl i'n cartrefi clyd, fois yr Ymerodraeth!

Crychodd Mantha'i cheg, a gweiddi dros ei hysgwydd i gyfeiriad y canwr.

"Mae 'na ferched yn y fyddin 'ma hefyd, y twpsyn! 'Bois yr Ymerodraeth' wir."

Digon gwir. Dweda di wrtho fo.

"Ych. Gei di gau dy geg hefyd."

Roedd y llais rhyfedd yn ei phen wedi cadw Mantha'n effro drwy'r nos gyda'i glebran diddiwedd. A hithau'n sicr ei bod hi'n mynd yn wallgo, doedd hi ddim wedi trafferthu sôn amdano wrth neb.

Mynd i ffeindio Gorcan? Ti'n was iddo fo, yndwyt ti?

"Dim o dy fusnes di. Ond ydw."

Dwi'm yn dallt pam eu bod nhw'n ei alw fo'n Gorcan Lawgoch, chwaith. Gwyrdd ydi'r fraich feleciwm 'na. Mae'n gwbwl amlwg.

"Beth yw 'meleciwm'? Ai gwyrdd-y-gwyll wyt ti'n feddwl? Dyna yw braich Gorcan."

Gwyrdd-y-gwyll! Da! Fydd rhaid i fi gofio hwnna! Gair modern yw meleciwm, mae'n rhaid ...

"A fi erioed wedi clywed am neb yn ei alw'n 'Gorcan Lawgoch' ..."

Ond ...

Bu bron i Mantha gerdded yn syth i lwybr ceffyl gwyn oedd yn crwydro ymysg y dyrfa. Gyda chip dros ei hysgwydd, mwythodd Mantha ei fwng cyn ymdrechu i ddringo ar ei gefn.

Daeth cysgod drosti, a chafodd ei gwthio i'r neilltu gan gapten tenau mewn arfwisg swmpus a helmed aur, ei gwallt du yn disgyn yn donnau dros ei hysgwyddau.

"Fi bia," meddai'r capten. "Cerdded mae milwr cyffredin yn ei wneud."

Dringodd ar gefn y ceffyl a diflannu mewn cwmwl o lwch.

Safodd milwr arall wrth ymyl Mantha a rhoi llaw gefnogol ar ei hysgwydd. Gwenodd hi wrth weld ei wyneb llwyd.

Erman oedd ei enw, milwr newydd o'r gogledd, fel hithau, a'r ddau wedi cyfarfod wrth basio drwy'r gwersyll ymarfer oedd wedi'i adeiladu'n frysiog ger Coedwig y Canhwyllau.

Gwas fferm cwbl ddi-nod oedd Erman, wedi ymuno â'r fyddin cyn gynted ac y medrai, ac yn siarad fel petai am drechu Uran ar ei ben ei hun bach. Doedd ganddo ddim math o allu fel milwr, ond doedd hynny ddim wedi cael unrhyw effaith ar ei hyder a'i frwdfrydedd.

"D-d-diwrnod braf i fynd am d-d-dro," meddai, a mwytho carn y cleddyf syml wrth ei felt. "Ffansi c-cwmni, M-m-Mantha?"

Cychwynnodd y ddau ar ymdaith tua'r dwyrain, gan ddilyn y cadfridog Gorcan oedd yn arwain eu catrawd ar ben ei geffyl urddasol yntau.

"Diolch, Erman. Braf dod ar draws rhywun cwrtais."

"Hm? O! Y c-c-capten ar y c-c-ceffyl gwyn. Fi'n ei nabod hi. C-cyw arglwyddes o D-d-Dre'r Hengawr. Na, d-dim c-cwrteisi 'da hi. Ddim yn llawer o filwr chwaith. Nid fel f-f-fi."

"Nagyw hi?" gofynnodd Mantha gyda gwên.

"Ond fydd y f-f-frwydr 'ma drosodd mewn ch-chwinciad ch-ch-chwannen. Mae'r d-d-duwiau ar ein hochr ni! Wel ... p-pob un heblaw am U-u-Uran, wrth gwrs."

Mae'r boi yma'n llawn lol, meddai Pietro. *Mae un o'r brwydrau ffyrnicaf yn hanes y byd yn eich disgwyl, mae gen i ofn ...*

"Bydd ddistaw," meddai Mantha rhwng ei dannedd.

"P-p-pardwn?" gofynnodd Erman.

Brwydr sy'n dechra efo cawod o waed yn disgyn o'r awyr, ac yn mynd yn waeth o hynny ymlaen. Y cyrff yn pentyrru, y tir yn troi'n goch ...

"Digon!" gwaeddodd Mantha. Trodd ambell filwr i syllu i'w chyfeiriad.

"D–digon o b–b–beth?"

"Mae'n ddrwg gen i, Erman. Y rhyfel yn effeithio arna i, mae'n rhaid. Fi'n pryderu fy mod i'n mynd yn gwbl honco, os fi'n onest."

"P–paid â phoeni, Mantha. Wna i edrych ar dy ôl di. G–g–gaddo."

Daeth Mantha o hyd i'r cadfridog Gorcan. Sodrodd yntau faner y Llywodraeth yn ei dwylo a marchogaeth yn ei flaen heb edrych yn ôl, a Mantha'n brwydro i ddal i fyny.

Ymlwybrodd y rhes ddiddiwedd o filwyr heibio i Benrhyn Enoc a thrwy Fryniau'r Hafn wrth i'r bore droi'n brynhawn, ac yna'n nos. Wrth iddi fynd ati i osod gwersyll y cadfridog, a Pietro'n dal i hefru ymlaen, gallai Mantha deimlo'r gwynt oer o'r twndra coediog i'r gogledd ...

Ffion: *Yr Oerdir Unig!*
Orig: *Da iawn ti. Seren aur.*

... a'r tu hwnt iddo, gwelodd fynydd yn gwthio tua'r cymylau.

Ffion: *Y Copa Coch!*
Orig: *Wel ... ie. Roedd yr un yna braidd yn amlwg.*

GORCAN LAWGOCH

Cafodd Mantha noson aflonydd arall o gwsg cyn i olau'r haul wthio'n ddigywilydd drwy waliau tenau ei phabell. Suddodd ei chalon i'w stumog wrth iddi sylweddoli mai dyma ddiwrnod y frwydr. Fe fyddai hi'n ymladd cyn diwedd y bore.

Gwnaeth ei gorau i gael rhyw fath o flas ar ei brecwast tila cyn cychwyn am y mynydd. Pasiodd y fyddin drwy'r Oerdir Unig, ac yna i Ddiffeithdir y Gwreiddiau, a neb bellach yn fodlon gwneud llawer o fân siarad. Daeth y cwmwl o greaduriaid uwch eu pennau'n fwy ac yn fwy trwchus, yn debycach i glwstwr o bryfed.

Ac o amgylch y mynydd roedd cwmwl arall i'w weld. Bwystfilod rhyfel y gelyn, yn barod i ymladd. Yng nghanol y dreigiau arferol, a'r llarpwyr cennog, a sgrechwyr-y-lloer, roedd nifer o fwystfilod perffaith grwn, fel pysgod mawr chwyddedig yn hongian yn yr awyr. Doedd dim milwyr i'w gweld yn eu marchogaeth.

Gyda llais croch, rhoddodd Gorcan ei gatrawd mewn rhengoedd twt yng nghanol y diffeithdir. Roedd Mantha ac Erman gyda'i gilydd yn y rheng flaen, y naill ochr i'r cadfridog, yn gwylio dilynwyr Uran mewn torfeydd anferth o'u blaenau, a'r rhan fwyaf mewn dillad carpiog o ddu a choch. Roedden nhw'n sgrechian ac yn melltithio ac yn chwifio'u harfau yn yr awyr.

Bwystfilod Byddin y Llawforwyn

Ysgithryn Llwyd

Goruwchsugnwr

Sgrechwr-y-Lleer

Llarpiwr Cennog

Chwydfil

Pryfyn Llosg

"Mae 'na lawer mwy ar ein ho-ho-hochr ni," meddai Erman. "Ti'n gweld? Fydd hyn yn h-h-hawdd."

Yn y pellter, ar lethrau'r mynydd, gallai Mantha weld un ffigwr yn sefyll uwchben y cyfan. Roedd yn edrych fel petai'n cael ei chynnal gan glwstwr o chwyn a phlanhigion anferth, du, yn dawnsio ac yn chwifio i bob cyfeiriad.

Y Llawforwyn, meddai Pietro. Gwingodd Mantha.

Cododd y ddynes ei breichiau i'r awyr. Llifodd afon ddiddiwedd o filwyr, marchogion a bwystfilod o ogofeydd di-rif yn nhroed y mynydd.

"O," meddai Erman, y hyder yn ei adael yn llwyr. "F-f-falle ddim."

Wedi i'r Llawforwyn sgrechian gorchymyn hud, ffrwydrodd mwy o chwyn enfawr o'r pridd, gan achosi tirlithriad aruthrol. Cafodd yr agoriadau ar waelod y mynydd eu claddu gan bentyrrau o fwd a chreigiau, gydag ambell filwr anlwcus wedi'i ddal oddi tanynt. Trodd y Llawforwyn ei chefn, a chychwyn i fyny'r llethrau.

"Mae hi'n anelu am y copa!" bloeddiodd Gorcan o'u blaenau. "Fyddin yr Ymerodraeth, dewch gyda fi!"

Carlamodd march Gorcan yn ei flaen. Dechreuodd Mantha redeg gyda gweddill ei chatrawd, y gelyn yn dod yn nes ac yn nes ...

Cododd y saethwyr ar y mynydd eu bwâu tua'r awyr.

Doedden nhw ddim yn anelu at fyddin yr Ymerodraeth. Yn hytrach, roedden nhw'n saethu at y bwystfilod uwch eu pennau. Y rhai mawr crwn, fel pysgod ...

Cysylltodd y saethau â'u targed. Ffrwydrodd sawl un o'r creaduriaid ar unwaith, gan drochi milwyr yr Ymerodraeth â ...

... gwaed.

Roedd hi'n bwrw gwaed.

Yn union fel roedd y llais ym mhen Mantha wedi'i broffwydo.

Disgynnodd y milwyr i'r llawr gan sgrechian mewn poen, a'r gwaed yn llosgi'r dillad oddi ar eu crwyn.

"Chwydfilod!" sgrechiodd Gorcan uwchben y cyfan. "Mae chwydfilod gennyn nhw! Mae'r gwaed yn wenwyn! Cadwch yn glir!"

Daeth y ddwy ochr at ei gilydd mewn storm o lwch wrth i gannoedd o arfau wrthdaro ar yr un pryd. Roedd y sŵn yn fyddarol. Yng nghanol yr holl wallgofrwydd, llwyddodd Mantha, rywsut, i guddio y tu ôl i gorff ceffyl oedd wedi dod i ddiwedd anffodus. Roedd hi wedi colli baner yr Ymerodraeth yn barod. Gallai ei gweld yn y pellter, y milwyr yn rhedeg drosti a'i sathru i mewn i'r mwd.

"Hei!" meddai rhwng ei dannedd. "Ti! Llais! Beth oedd dy enw di, eto?"

Pietro, daeth y llais yn ôl wedi saib. *Mae hyn yn annioddefol!*

"Wna i ddim dadlau. Ac os y'n ni'n dau am oroesi, beryg y bydda i angen dy help di ..."

Hapus i wneud. I ddechra ... ella'i bod hi'n syniad codi dy gleddyf.

Edrychodd Mantha i fyny.

Brysia!

Ufuddhaodd hithau wrth i filwr mewn carpiau du a choch redeg tuag ati'n sgrechian, yn chwifio bwyell uwch ei ben.

Y DDRYSFA

Sleifiodd Sara a Nad drwy strydoedd y ddinas, lle'r oedd gwreiddiau a phlanhigion duon yn gorchuddio'r palmentydd ac yn dringo i fyny'r adeiladau, wedi'u lapio'n dynn o amgylch y brics a'r creigiau. Roedd y lle'n annaturiol o dawel, ond doedd dim modd dyfalu pa bethau erchyll oedd yn disgwyl o amgylch pob cornel – ac roedd hen ddigon o'r rheini.

"Roedd pwy bynnag adeiladodd y lle 'ma," meddai Nad, "un ai'n ddall neu'n wallgo."

Pwysodd yn erbyn un o'r adeiladau gan sbecian heibio'r gornel nesaf, ei fysedd yn pwyso yn erbyn hen feini'r adeilad ac yn eu troi'n bowdwr.

"Neu'r ddau," meddai Sara.

Roedd y llyn bellach wedi diflannu'n llwyr i ddyfnderoedd y mynydd, gan adael y strydoedd caregog yn llaith o dan eu traed, a'r mwsog dros y lloriau yn gwneud y lle'n beryclach fyth. Yn ddigon buan, bodlonodd Nad ei hun ar sglefrio yn hytrach na cherdded, gan afael yn waliau'r adeiladau y naill ochr iddo er mwyn sadio'i hun.

Daeth y ddau ar draws pwll o ddŵr o fewn cronfa isel, a cherfiadau o wynebau'n sgyrnygu ar ei hochr.

"Ffynnon?" gofynnodd Nad yn obeithiol, yn fflicio wyneb y dŵr â'i fys. Ysgydwodd Sara ei phen a phwyntio at gronfa debyg ymhellach i fyny'r stryd.

"Rhyw fath o system garffosiaeth, dybiwn i," cynigiodd yn feddylgar.

Heblaw hynny, doedd dim byd amlwg i wahaniaethu un stryd oddi wrth y llall, gyda'r golau o ben pella'r ddinas wedi'i golli ymysg yr adeiladau uchel o'u cwmpas. Crwydrodd y ddau mewn cylchoedd, yn mentro i mewn i rai o'r tyrau er mwyn edrych lle roedden nhw, cyn colli eu ffordd yn syth unwaith eto. Mynnodd Sara oedi sawl gwaith er mwyn achub pysgod bach oedd wedi'u gadael ar dir sych wrth i'r llyn wagio.

Er nad oedd yr ysbrydion i'w gweld yn unman, roedden nhw'n sicr i'w clywed. Roedd eu sibrydion a'u bygythiadau fel petaent yn treiddio drwy'r adeiladau o'u cwmpas, yn eu dilyn ar hyd y strydoedd fel arogl drwg.

Ond roedd y cysgodion yn waeth.

Nad sylwodd arnyn nhw i ddechrau. Cysgodion mawr yn y pellter, yn llenwi'r bwlch rhwng adeiladau. Gyda'r cysgodion clywyd synau clicio a sgrialu, fel llond sach o esgyrn yn cael eu taflu ar hyd y llawr.

Taflodd Nad ei law allan, yn bwriadu saethu ffrwd o oleuadau llachar tuag at y cysgodion er mwyn eu gweld yn well. Ddaeth dim o'i fysedd ond cwmwl bach o wreichion, yn disgyn fel glaw mân wrth ei draed.

Edrychodd i fyny a gweld talp o feleciwm yn ochr y twr uwch ei ben, yn canslo ei holl bwerau.

"Awr yn ôl, do'n i erioed wedi clywed am y stwff 'ma," meddai, "a dwi 'di cal hen ddigon arno fo'n barod."

Erbyn i Sara weld y cysgodion, roedden nhw wedi tyfu bron mor fawr â'r adeiladau o'u cwmpas. Roedd beth bynnag oedd yn eu taflu'n mynd yn ddewrach. Yn mentro'n nes.

Rhywsut, ar ôl beth a deimlai fel dyddiau o gerdded, daeth y strydoedd yn lletach, a'r golau gwyrdd ym mhen y ddinas i'r golwg unwaith eto.

Orig: Doedd yr un ohonyn nhw'n medru cytuno pwy ddaeth o hyd i'r ffordd mas. Roedden nhw'n dadlau am y peth am flynyddoedd, tan y diwrnod iddyn nhw ...

Ffion: *Be?*

Orig: *...*

Ffion: *Orig! Iddyn nhw be? Farw? Ydyn nhw'n marw!?*

Orig: *Fi wedi dweud gormod.*

Ffion: *ORIG!*

Y Ddinas o dan y Mynydd

Y Deml

Pyllau dŵr

Palasau

Twr

Stordy Mawr

Carchar

Porth y Gorllewin

Twr Gwylio

Pwll

Stablau

i'r Copa

Marchnad

Drysfa

Porth y De

Llifft

golofnau Melectwm

Slymiau

Cloddfa

Llwybr Cudd

Trodd y ddau un gornel olaf, a chuddio mewn ffrâm drws wrth i iard anferth agor o'u blaenau. Er cymaint roedden nhw'n awchu am gael dianc o'r ddrysfa, roedd y tir agored yn eu gwneud yn rhyfeddol o nerfus.

Yng nghanol yr iard roedd un arall o'r cronfeydd dŵr, yn fwy o lawer na'r gweddill. Y tu hwnt i honno roedd tŵr crwn yn codi ymhell uwchben yr adeiladau o'i gwmpas. Doedd dim arwydd o feleciwm yn agos at ei furiau, gyda gwreiddiau du yn tagu'r waliau ac yn gwthio i mewn ac allan o'r ffenestri. Roedd rhannau uchaf yr adeilad yn ymestyn allan, a dim nenfwd dros y llawr uchaf un. Doedd y drysau ddim wedi pydru, yn wahanol i bob adeilad arall ar y daith. Daliai'r rhain i sefyll, yn ddau slabyn o haearn du, rhydlyd.

"Tŵr gwylio, falle?" cynigiodd Sara.

"Allwn ni weld y ddinas gyfan o'r topia 'na, debyg," cytunodd Nad, yn nodio'i ben. "A Pietro a Heti ... os ydyn nhw'n fyw. Dringo amdani."

"A chroesi'r iard? *Ti* sy'n wallgo nawr. Fydd pob ysbryd yn y mynydd 'ma'n gwbod yn union lle y'n ni."

Chwifiodd Nad ei fysedd o'i flaen, a llwybr o oleuadau amryliw yn eu dilyn.

"Dim meleciwm," meddai. "Dwi'n medru tynnu eu sylw nhw."

"Fydd dy dricie di ddim yn gweithio am byth ..."

Gafaelodd Nad yn llaw Sara cyn iddi ddweud mwy, a'i llusgo yn ei blaen.

"Dilyna fi!"

Cyrcydodd y ddau, a rhedeg mor gyflym ag y gallen nhw ar hyd yr iard tua'r gronfa yn y canol.

Sylwodd yr un ohonyn nhw ar y dŵr yn y gronfa'n crynu wrth iddyn nhw agosáu. Nac ar yr un goes denau'n ymestyn o'i ddyfnderoedd. Ond doedd dim modd methu'r cranc a neidiodd allan o'u blaenau. Sgrechiodd Sara a Nad gyda'i gilydd wrth i'r creadur godi'n fygythiol uwch eu pennau, gan daflu cysgod drostyn nhw wrth glecian ei grafangau'n wyllt.

Roedd yn syndod bod creadur mor fawr wedi medru ffitio yn y gronfa. Rhwng llafnau ei ddannedd roedd tentaclau du'n chwyrlïo, a mwy fyth yn gwthio drwy'r craciau yn ei gragen.

Daeth crafanc aruthrol yr anghenfil i lawr rhwng y ddau, wedi'i gorchuddio â chymysgedd o hen greithiau, gwymon seimllyd, malwod, a chregyn bychain. Holltodd y palmant o dan eu traed yn deilchion, gan dasgu cerrig mân a gwymon i bob cyfeiriad, y ddau'n llwyddo, rywsut, i lamu o'r ffordd mewn pryd i osgoi'r ymosodiad.

Yng nghysgodion yr adeiladau ar gyrion yr iard, gallai Sara weld siapiau gwyn yn sefyll yn llonydd, a chlywed lleisiau'n sibrwd. Yr ysbrydion, yn mwynhau'r sioe.

Teimlodd fraich Nad am ei chanol.

"Am y tŵr! Rŵan!"

Doedd Sara erioed yn cofio iddi redeg yn gyflymach. Teimlodd ei hun yn hedfan dros yr iard, y drysau du'n dod yn nes ac yn nes, a synau sgrialu'r cranc y tu ôl iddi'n tyfu'n uwch ac yn uwch.

Llusgodd Sara un o'r drysau ar agor, gan ei deimlo'n gwichian yn erbyn ei fachau. Neidiodd y ddau i mewn i'r tŵr, a gwthiodd Sara'r drws ar gau wrth i Nad wthio bollt enfawr er mwyn ei gloi.

Clywodd Sara'r bollt yn mynd i'w le yn union cyn teimlo'r cranc yn taflu ei hun yn erbyn y drws, a'i goesau'n cicio ac yn crafangu.

Roedd y ddau mewn ystafell wag, gron. Yn y nenfwd uwch eu pennau roedd un agoriad yn arwain at y llawr nesaf, ac olion hen risiau carreg yn arwain yn ansicr tuag ato.

"I fyny amdani," mentrodd Nad, "'ta fyddai'n well gen ti droi'n ôl?"

"Fi'n dy gasáu di, Nad," meddai Sara – nid am y tro olaf.

CÂN Y COPA COCH

Tynnodd Heti ei phen o'i dwylo.

Doedd dim modd dweud pa mor hir yr oedd hi wedi bod yn eistedd ar y grisiau, ar goll yn ei hanobaith ei hun.

Rydw i wedi'u colli nhw, meddyliodd eto. *Ond mae'n rhaid bod 'na ryw ffordd o'u hachub ...*

Orig. Orig fydd yn gwybod.

Ffion: *Ti?*

Orig: *Doedd dim syniadau ganddi ar ôl, mae'n rhaid.*

Cododd Heti a'i gorfodi ei hun i fyny'r grisiau, yn gafael yn dynn yn yr allwedd. Erbyn cyrraedd y top, roedd cyhyrau ei choesau'n llosgi a'i chalon yn curo'n ddireolaeth. Edrychodd o'i chwmpas mewn penbleth.

O'i blaen, arweiniai twnnel cyfarwydd tuag i fyny – hon oedd y ffordd yn ôl i'r pentre, ble roedden nhw wedi rasio yn erbyn ysbrydion y milwyr ddiwrnod ynghynt. Gadawodd iddi ei hun wenu'n fodlon, cyn rhewi.

Roedd cysgod yn agosáu tuag ati. Yn llithro'n dawel ac yn fygythiol i lawr y twnnel, yn rhwystro ei hunig ffordd o ddianc.

Heb feddwl, trodd yn ôl at y grisiau. Brysiodd i lawr, a'r creigiau'n cau'n amddiffynnol o'i hamgylch unwaith eto. Dal i symud oedd yr unig beth pwysig iddi. Cadw draw oddi wrth y meirw cyn hired â phosib.

Sgrialodd i stop wrth i un o'r ysbrydion ymddangos drwy'r grisiau o'i blaen. Cododd y peth ei ben, y tyllau duon yn ei benglog fel petaent yn syllu trwyddi. Estynnodd ei freichiau a hedfan yn araf tuag ati.

Trodd Heti ar ei sawdl eto.

Roedd un arall y tu ôl iddi. Daliai gyllell rydlyd yn ei law. Chwarddodd yn isel, ei lais yn sych ac yn groch.

Roedd Heti wedi'i chornelu, a marwolaeth yn agosáu o bob ochr.

Dyma'r diwedd felly, meddyliodd. *A chefais i erioed ddweud wrth fy chwaer beth fi'n feddwl ohoni. Yr hen grinc.*

Yna digwyddodd rhywbeth rhyfedd. Rhewodd yr ysbrydion wrth i lais tawel, bregus, nofio i lawr y grisiau.

 # Marchogaeth wnawn i ben draw'r byd, fois yr Ymerodraeth!
 # Gan godi'n harfau oll ynghyd, fois yr Ymerodraeth!

 # Yng nghysgod du y mynydd mawr, fe darwn ninnau'r wrach i lawr,

 # A hwylio'n ôl i'n cartrefi clyd, fois yr Ymerodraeth!

Roedd y dôn yn falch ac yn arwrol, ond yn cael ei chanu'n fwyn ac yn ysgafn, a'r geiriau'n baglu dros ei gilydd.

Gollyngodd yr ysbryd o flaen Heti ei gyllell. Symudodd ei ên i fyny ac i lawr mewn ymgais i ganu.

Ond yna newidiodd y geiriau, a'r dôn o'u cwmpas, gan ddod yn fygythiol ac yn dorcalonnus.

 # A'r gwaed yn disgyn dros y tir, fois yr Ymerodraeth!

 # Dilynwn ninnau Gorcan bur, fois yr Ymerodraeth!

 # Ein cleddau'n fflachio'n goch a chwim, a'r frwydr drosodd cyn pen dim,

 # Fe gysgwn ni dan y copa'n hir, fois yr Ymerodraeth!

Edrychodd yr ysbryd yn ddryslyd o'i gwmpas. Roedd y rhan yma o'r gân yn amlwg yn newydd iddo.

 # Dros ein cyrff mae'r brain yn canu'n groch, fois yr Ymerodraeth!

 # Ni'n fwyd i fwydod, yn wledd i foch, fois yr Ymerodraeth!

 # Dan dir dieithr gwlad sy'n bell, breuddwydiwn ni am ddyddiau gwell,

Dechreuodd yr ysbryd wingo, ei ben yn ysgwyd yn wyllt o un ochr i'r llall.

Na na na na na ...

Mentrodd Heti edrych dros ei hysgwydd, a gweld bod yr ysbryd y tu ôl iddi'n gwneud yr un peth. Gollyngodd y ddau eu harfau wrth i'w ffurfiau grebachu'n beli bach gwyn a gwibio i ffwrdd gan wichian.

Safodd Heti yno'n syn. Clywodd lais tawel ymhell uwch ei phen.

"Gei di ddod allan rŵan. Mae hynny wedi gwneud y tric."

Troediodd Heti'n ofalus i fyny'r grisiau. Ar y top safai'r gantores, Soffi o Theresos. Roedd hi'n plycio tannau ei thelyn yn ysgafn, a'r nodau fel petaent rhywsut yn cymysgu ag awel yr ogof.

"Felly," meddai Heti, "ti'n medru siarad wedi'r cwbl."

"A chanu," atebodd Soffi. "Fwy neu lai. Mae'n rhaid bod 'na ryw hud yn niodydd poeth yr Orig 'na. Chwarae teg i'r hen ddyn, mae o wedi edrych ar fy ôl i'n dda. Dwi'n teimlo'n ddrwg am ddianc i'r mynydd y tu ôl i'w gefn o ... ond fydda fo byth wedi gadael i mi ddod fel arall."

"Beth ... beth wnest ti – gyda'r ysbrydion?"

"Canu'r gân am frwydr y Copa. Yr un soniodd y bachgen

SOFFI ⊙ THERESOS

amdani yn y dafarn y noson o'r blaen."

"Pietro."

"Dyna'r un. Mae'n un gyfarwydd iawn i mi. Mae 'na ddau ddeg un o benillion eraill, os hoffet ti glywed ... ?"

"Falle wedyn."

"Meddwl o'n i bysa'r pethau 'na ddim yn hoff iawn o gael eu hatgoffa am eu marwolaeth. Yn fy mhrofiad i, dydi ysbrydion ddim yn ymateb yn dda i'r math yna o beth."

"Yn dy brofiad di?"

"Dwi 'di gweld ysbryd neu ddau. Dydi rhywun ddim yn medru *canu* am anturiaethau heb *fynd* ar ambell i antur. Doeddwn i ddim am wrthod yr un yma, siŵr iawn. Swnio fatha clincar."

Eisteddodd Heti ar y graig wrth ymyl Soffi, a goleuadau gwyrdd y ddinas yn disgleirio oddi tani.

"Ti fymryn yn hwyr, Soffi. Mae'r antur drosodd, mae gen i ofn. Mae'r *pentre* drosodd. Fi wedi'u colli nhw i gyd. Fy mai i yw'r cyfan ..."

Torrodd sgrech ar eu traws, yn codi o ganol y ddinas ac yn atseinio o amgylch yr ogof.

Craffodd Soffi tua'r pellter. Pwyntiodd tuag at dŵr yng nghanol y ddinas, un â gwreiddiau du yn ei amgylchynu, a darn o dir agored o'i gwmpas. Roedd siâp anferth – yn edrych yn rhyfeddol o debyg i granc – yn curo yn erbyn y drysau.

"Wyt ti'n siŵr am hynny, Heti?"

Baglodd Heti ar ei thraed. O ffenestri'r tŵr roedd goleuadau'n saethu allan, ond doedd y cranc ddim fel petai'n talu sylw iddyn nhw.

"Goleuadau Nad! Fyddwn i'n eu nabod nhw yn unrhyw le – sy'n golygu bod Sara gyda fe!"

"Sut ti'n gwbod?"

"Fydde Nad ddim wedi goroesi fel arall. Ma fe'n dda i ddim. Digon clên, ond da i ddim."

Cychwynnodd Heti am y grisiau. Gwaeddodd Soffi ar ei hôl.

"Aros funud! Welaist ti faint y cranc 'na?"

Trodd Heti, gan dynnu Styllen allan a gosod ei bys yn ofalus yn erbyn un o'r hoelion yn y pen. Daeth diferyn o waed allan.

"Do, siŵr. Yw'r cranc 'na wedi gweld fy maint *i?*"

Heb air arall, bowndiodd Heti am y ddinas unwaith eto. Dilynodd Soffi gan wenu.

Roedd yr antur yma'n argoeli'n dda.

Y TŴR GWYLIO

Daliodd Sara a Nad i ddringo'r tŵr, i fyny un set o risiau tyllog ar ôl y llall, a'r cranc yn dal i guro yn erbyn y drws. Mentrodd Nad daflu hud a lledrith o'r ffenestri o bryd i'w gilydd, ond doedd dim yn dychryn y bwystfil. Doedd dim dianc rhagddo, a phob un ergyd yn dod yn nes at chwalu'r drws yn ddarnau, ac yn atgoffa Sara a Nad mai mynd i fyny oedd eu hunig ddewis.

"Gobeithio nad ydi'r peth 'na'n medru dringo grisia," meddai Nad, yn ymlwybro at lawr arall – y pumed neu'r chweched hyd yn hyn.

"Sai'n credu bod hynny'n broblem bellach," atebodd Sara gan edrych i fyny.

Roedd y grisiau yma wedi'u treulio bron yn ddim, gydag ambell ddarn o graig yn gwthio o'r wal. Camodd Nad tuag atyn nhw. Roedd hi'n ddeg troedfedd at y llawr nesaf, o leiaf.

"Ddim wedi blino gormod, gobeithio," meddai Sara. Sgipiodd yn ei blaen a gafael yn y creigiau yn y wal, gan adlamu oddi ar bob un a thynnu ei hun i'r llawr nesaf gerfydd blaenau ei bysedd. Ysgydwodd y tŵr y mymryn lleiaf wrth iddi ddringo, a daeth ambell fricsen yn rhydd o'r waliau.

Gwenodd yn hunanfodlon wrth i Nad stryffaglu i fyny ... colli ei afael ... disgyn ... dringo i fyny eto ... disgyn eto ... rhegi ... dringo ... disgyn ... dringo ... disgyn ...

Ffion: 'Sa ti'n meddwl y bysa Nad wedi ymarfer ei ddringo ers yr antur ddiwetha, yn hytrach na lolian o gwmpas.
Orig: Digon gwir. Brechdan?
Ffion: Diolch yn fawr i ti.

Erbyn i Sara ei dynnu i fyny o'r diwedd, roedd ei gwên wedi diflannu'n llwyr. Disgynnodd Nad yn ei herbyn a chodi ei olygon, gan weld llawr ar ôl llawr ar ôl llawr uwch ei ben, heb yr un ysgol na gris yn agos atyn nhw.

"Dwi'n meddwl ein bod ni'n saff rhag y cranc," meddai Nad. "Dyna'r newyddion da ..."

Daliodd y ddau i ddringo, yn gynyddol arafach wrth i'r blinder drechu Nad yn llwyr. Erbyn cyrraedd y llawr olaf ond un roedd pob modfedd o'i gorff yn brifo, a'i boer yn dal yn ngwaelodion ei wddw.

Roedd Sara ar ei gliniau yng nghanol y llawr, ac yn astudio rhywbeth yn ei dwylo.

CROESTORIAD
O'R TWR GWYLIO

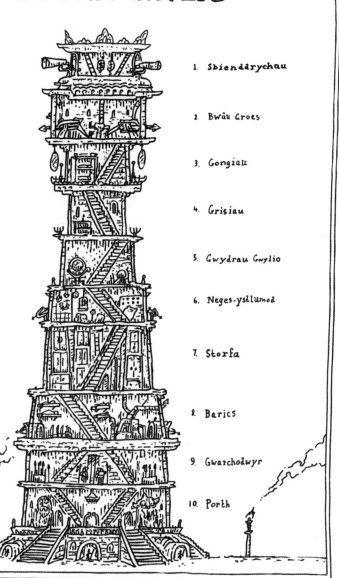

1. Sbienddrychau

2. Bwâu Croes

3. Gongiau

4. Grisiau

5. Gwydrau Gwylio

6. Neges-ystlumod

7. Storfa

8. Barics

9. Gwarchodwyr

10. Porth

Rhywbeth gwyrdd.

Mentrodd Nad tuag ati.

Roedd yn gylch o feleciwm, a darnau miniog yn gwthio ohono, fel petai wedi'i dorri yn ei hanner. Edrychai nid yn annhebyg i freichled.

"Be ti'n galw peth felly?" gofynnodd Nad.

"Roedd e'n gorwedd yng nghanol y llawr," atebodd Sara'n freuddwydiol, "yn disgwyl amdana i ..."

Heb feddwl, rhoddodd y cylch am ei braich yn ofalus. Eisteddodd yno am eiliad, yn hongian oddi arni, cyn i stêm saethu o bibellau ar ei hyd. Tynhaodd y ddyfais amdani.

Sgrechiodd Sara, ei braich fel petai ar dân. Gallai deimlo pinnau – fel nodwyddau, neu gyllyll – yn gwthio o'r freichled ac i mewn i'w chroen. Disgynnodd ar ei gliniau a syllu mewn dychryn wrth i'r gwythiennau hyd at flaenau ei bysedd droi'n wyrdd disglair.

Aeth Nad yn gegrwth.

"Be sy newydd ddigwydd?" gofynnodd.

"Dim syniad," griddfanodd Sara, yn codi ar ei thraed yn boenus. "Ond os oedd gwisgo'r peth yn brifo gymaint â hynny, fi ddim am frysio i'w dynnu i ffwrdd ..."

"Mae'n edrych yn dda arnat ti," cynigiodd Nad, gan godi ei ysgwyddau. "Beth bynnag ydi o."

Gwgodd Sara. Sgrialodd i fyny'r waliau at do'r tŵr, yn

cadw un llygad ar y freichled. Daeth saib wrth iddi ddiflannu o'r golwg, a'r tŵr yn siglo'n ansicr o ochr i ochr.

Edrychodd Nad o'i gwmpas, ei galon yn ei wddw.

"Dwi ddim yn hollol siŵr bod y lle 'ma'n ..."

Torrodd Sara ar draws.

"Nad! Brysia! Mae'n rhaid i ti weld hyn!"

Ochneidiodd Nad yn ddwfn cyn dringo'r camau olaf. Hyd yn oed petai ganddo unrhyw anadl ar ôl, fe fyddai'r olygfa wedi'i chipio oddi arno'n syth.

Roedd y ddinas gyfan yn ymestyn oddi tano. O'i flaen roedd adeilad crwn arall, bron yr un maint â'r tŵr gwylio, a holltau mawr wedi rhwygo'r to'n ddarnau. Y tu hwnt i hwnnw roedd neuadd hir, y drysau wedi cau, a cherfluniau o ymladdwyr ac arwyr chwedlonol mewn rhesi o'i blaen.

Yna daeth ardal agored, lle'r oedd pyllau dŵr a chronfeydd yn frith ar ei hyd. Aeth ias i lawr asgwrn cefn Nad wrth iddo ddychmygu pa bethau dychrynllyd oedd yn llechu o dan y dyfroedd. Ac ym mhen draw'r ddinas roedd y wal werdd, ei golau'n tywynnu dros bopeth o'i blaen. O'r pellter yma, gallai weld nad wal syml oedd hi, ond adeilad anferth, a cholofnau mawr a cherfluniau o bob siâp wedi'u naddu i mewn iddo, a'r rheini'n ymestyn yn holl ffordd at do'r ogof.

"Sara," mentrodd Nad, wedi iddo gael ei wynt yn ôl, "ti'n

cofio'r ysbrydion yn sôn rwbath am deml? Ti'n meddwl mai dyna'r ..."

Torrodd gwynt oer ar ei draws.

Nofiai ysbrydion i'r golwg. Degau ohonyn nhw, yn haid drwchus o amgylch y tŵr, yn agosáu gan riddfan a llefain.

"Nad," meddai Sara'n grynedig, "sgen ti dric arall?"

Caeodd Nad ei lygaid ac ymestyn ei freichiau at y to. Syrthiodd cawod o greigiau o'i gwmpas eto, yn chwalu'n ddarnau mân yn erbyn y tŵr ac yn bygwth ei ddymchwel.

"Y ddinas," meddai Nad gyda ffug bryder, "mae'n dod i lawr ar ein penna ni!"

Doedd yr ysbrydion ddim fel petaent yn gwrando, nac yn talu sylw i'r creigiau o'u cwmpas ym mhobman. Dechreuodd ambell un chwerthin – sŵn sych, oeraidd, yn lledu fel salwch o un ysbryd i'r llall.

"Sai'n credu bod y tric yna am weithio ddwywaith ..." meddai Sara, gan glosio at Nad.

Symudodd yr ysbrydion yn nes, pob un yn bloeddio chwerthin. Roedden nhw mor agos bellach – mor agos at gael gwared ar y gelyn, a meddiannu'r mynydd unwaith eto ...

Gwthiodd Sara ei llaw allan. Dechreuodd ei breichled guro'n ysgafn, y nodwyddau'n gwthio i mewn ac allan o'i chroen, fel petai'n dod yn fyw ...

Saethodd pelen o *rywbeth* ohoni. Cwmwl gwyrdd, yn

curo i mewn ac allan, ac yn symud yn annaturiol o gyflym.

Toddodd y cwmwl i ganol un o'r ysbrydion, gan ei ffrwydro'n ddarnau mân, ac ysgytwad yn ei ddilyn yn bygwth taflu Sara a Nad oddi ar eu traed.

Oedodd y gweddill, gan roi'r union gyfle roedd Sara ei angen.

Syrthiodd ar ei gliniau a phlannu ei dwrn yn erbyn y llawr. Caeodd ei llygaid yn dynn. Deffrodd ei breichled unwaith eto a lledodd cwmwl gwyrdd arall o'i hamgylch, gan chwyddo i lyncu'r ysbrydion o'i chwmpas.

Fesul un, ffrwydrodd pob un ohonyn nhw, a darnau o'u cyrff yn disgyn dros y ddinas fel conffeti.

Disgynnodd Nad ar ei hyd, y ffrwydradau'n ei daro i'r llawr. Gallai deimlo'r tŵr yn siglo oddi tano fel petai ar fwrdd llong.

"Ydyn nhw 'di ... marw?" mentrodd ofyn, wedi i'r tŵr sefydlogi ei hun.

"Roedden nhw'n farw'n barod," atebodd Sara. "Mae gen i deimlad y byddan nhw'n ôl."

"Be *ydi'r* peth 'na ar dy fraich di?"

Gorweddodd Sara wrth ei ymyl.

"Does gen i ddim gwell syniad na ti, Nad. A dyna'r peth mwya trist i mi ddweud drwy'r dydd."

Caeodd Sara a Nad eu llygaid wrth i'r cwmwl ddisgyn fel

eira gwyrdd o'u cwmpas. Arhosodd y ddau yno'n hir, ymhell ar ôl i'r cwmwl ddiflannu'n llwyr.

Yn y pellter, cododd un ysbryd olaf o ddyfnderoedd y ddinas, a hedfan yn syth tuag atyn nhw ...

BRWYDR Y COPA COCH

Roedd Mantha'n fyw. Rhywsut.

Gyda llais Pietro'n cyfarth gorchmynion, yn dweud wrthi pa ffordd i droi a phwy i'w ymladd, roedd hi wedi llwyddo i orchfygu sawl un o filwyr y Llawforwyn, osgoi degau o saethau yn hwylio tuag ati, a dianc rhag cael ei llosgi'n golsyn gan waed gwenwynig y chwydfilod uwch ei phen.

Roedd oriau wedi pasio, a phob un o'i chyhyrau'n sgrechian mewn poen. Bob tro iddi nesáu at lethrau'r mynydd, daeth ton o'r gelyn i'w gwthio'n ôl. Roedd hi wedi colli Gorcan, ei dyletswyddau fel gwas iddo wedi'u hanghofio.

Yn y pellter, gwelodd y capten o Benrhyn Enoc yn marchogaeth ar ei cheffyl gwyn, ei gwallt du'n codi'n donnau o'i chwmpas.

"Beth nawr?" gofynnodd Mantha.

Sut dwi fod i wbod? daeth llais Pietro'n ôl. *Mae hyn yn newydd i fi 'fyd.*

Daeth milwr arall i ymladd wrth ei hymyl. Erman.

Llyncodd ei boer yn galed.

"Dydi hyn ddim mor h-hawdd â'r d-disgwyl."

Mentrodd Mantha gip tua'r mynydd. Ar y llethrau, gwelodd Gorcan o'r diwedd, a hwnnw wrthi'n ymladd tri o filwyr ar ei ben ei hun.

"Dilyna fi!" mynnodd Mantha. "At y Copa Coch!"

"Beth yw'r C-Copa C-c-Coch?" meddai Erman, a gwibio ar ei hôl.

Brwydrodd y ddau at y cadfridog, yn llwyddo gyda'i gilydd i wthio eu ffordd tua'r llethrau. Sylwodd Pietro, yng nghanol y cyfan, fod llynnoedd duon yn glynu wrth waelodion y mynydd – llynnoedd oedd wedi diflannu'n llwyr erbyn ei oes yntau.

Wrth iddyn nhw gyrraedd Gorcan, plannodd y cadfridog ei gleddyf mawr yn y tir, wedi trechu ei elynion am y tro. Edrychodd ymhellach i fyny llethrau'r mynydd, gan anwybyddu Mantha ac Erman yn llwyr.

Ymhell uwch eu pennau, mewn clwstwr o chwyn du, roedd y Llawforwyn yn gwylio'r holl frwydro oddi tani. O'r pellter yma, gallai Mantha ei gweld yn gliriach. Roedd hi'n gwisgo arfwisg frawychus o ledr du uwchben ffrog hir, coch tywyll, a'i gwallt yn dod i lawr mewn rhaffau o blethau cymhleth naill ochr i'w phen.

Bloeddiodd Gorcan, yn codi ei lais uwchben y synau ymladd o'i amgylch.

"I fyny'r llethrau, filwyr yr Ymerodraeth! Mae marwolaeth a gogoniant yn galw!"

Heidiodd dwsinau o filwyr o amgylch Gorcan a brwydro ymlaen i fyny'r mynydd. Er mor ffyrnig oedd y gelyn, roedden nhw wedi'u taflu at ei gilydd o bob cwr o'r byd, heb unrhyw hyfforddiant nac arfwisgoedd call, a rhai hyd yn oed yn ymladd â'u dyrnau. Dim ond teyrngarwch gwallgo i'w duw oedd yn eu gyrru ymlaen, un ar ôl y llall, tuag at rengoedd yr Ymerodraeth.

Rhywle yng nghanol yr ymladd, cafodd y capten ei thaflu oddi ar ei cheffyl cyn codi a pharhau i ymladd, yn sgrechian yn wyllt wrth i luoedd o'r gelyn agosáu.

Daliodd Mantha i ddringo'r mynydd, ac Erman wrth ei hymyl, yn dilyn trywydd o chwyn du. Wrth i'r siwrne barhau, daeth y chwyn yn fwy ac yn fwy ymosodol. Erbyn cyrraedd yr uchelfannau, doedd sathru ar y pethau melltigedig ddim yn ddigon. Roedd rhaid eu torri i lawr â chleddyfau. Ffrwydrodd y planhigion yn sborau a hadau coch wrth i'r milwyr eu trechu, gan staenio pridd y copa o'u hamgylch.

Ffion: *Y Copa Coch! Dyna esbonio'r enw!*
Orig: *Dyna ti. A thir y mynydd yn goch hyd heddiw. Mae dylanwad Uran wedi para'n hir ...*

Yno eisteddai'r Llawforwyn ar orsedd o'r chwyn du. Y tu

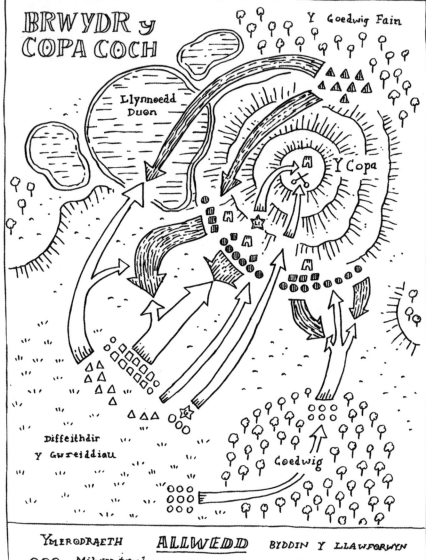

BRWYDR y COPA COCH

Y Goedwig Fain

Llynnoedd Duon

Y Copa

Diffeithdir y Gwreiddiau

Coedwig

YMERODRAETH		ALLWEDD		BYDDIN Y LLAWFORWYN	
OOO	Milwyr troed	⌂ Amddiffynfa		ⓐⓑⓒ	Milwyr troed
▢▢▢	Angenfilod	✗ y Frwydr Olaf		▥▥▥	Angenfilod
△△△	Llu Awyr			▲▲▲	Llu Awyr
☆	Gorcan Lawgoch			☆	Y Llawforwyn

ôl iddi roedd muriau pren wedi'u gosod ar draws ceg yr ogof a fyddai, un dydd, yn gartref i'r Horwth. Roedd sawl un o filwyr y Llawforwyn ar yr uchelfannau, gwaywffyn yn eu dwylo.

Gwenodd y Llawforwyn wrth i ambell filwr yr Ymerodraeth redeg tuag ati, cyn cael ei daflu o'r neilltu gan blanhigion yn ffrwydro o'r tir. Camodd Gorcan ymlaen, ei filwyr naill ochr iddo.

"Gyda fi, filwyr! Gyda fi!"

Safodd y Llawforwyn wrth i'w phlanhigion ei gollwng yn ysgafn i'r llawr, cyn ffrwydro'n gymylau o sborau coch. Agorodd ei cheg. Doedd y llais ddaeth allan – llais dwfn, persain – ddim fel petai'n perthyn iddi hi ... nac i unrhyw beth byw.

"Filwyr yr Ymerodraeth, rhowch y gorau i'r ymladd. Gadewch i'ch cadfridogion a'ch ymerawdwyr rwygo ei gilydd yn ddarnau ar eich rhan. Ewch adre, at eich gwŷr a'ch gwragedd, at eich plant a'ch anifeiliaid. Anghofiwch am y rhyfel ... tra medrwch chi."

"Ei llais!" gwaeddodd Gorcan, yn gorchuddio ei glustiau. "Peidiwch â gwrando!"

Roedd e'n rhy hwyr. Trodd ambell filwr ar ei sawdl ac ymlwybro'n ôl i lawr y mynydd yn benysgafn.

Hei! gwaeddodd Pietro ym meddwl Mantha. *Paid â gwrando arni hi! Canolbwyntia ar fy llais i. Dim ond fy llais i.*

Ty'd 'laen, Mantha! 'Dan ni ddim wedi bod yn ffrindiau'n hir, ond dwi'n gwbod yn iawn dy fod ti'n well na hyn!

Ysgydwodd Mantha ei phen, yn gwrthsefyll dylanwad y Llawforwyn. Rhedodd at Erman, yn ei lusgo'n ôl gerfydd ei lawes a'i rwystro rhag cerdded i ffwrdd.

Caeodd Gorcan ei lygaid. Dim ond un dewis oedd ar ôl.

Estynnodd am ei gleddyf a chamu ymlaen. Atseiniodd llais y Llawforwyn dros y copa unwaith eto – ond roedd yn wahanol bellach. Yn feddal ac yn addfwyn, fel awel yn sisial dros borfa.

"Croeso, Gorcan, gadfridog dewr. Rhowch eich cleddyf i lawr. Ymlaciwch, wedi'ch holl ymladd."

Am eiliad, roedd Gorcan fel petai am ufuddhau iddi, cyn i'w law dde gau'n dynnach am garn ei gleddyf.

"Doeddwn i ddim yn gadfridog y tro diwetha i ni gyfarfod, wrach. Dim ond milwr syml oeddwn i pan gafodd fy mraich ei rhwygo o'r ysgwydd. Ydych chi hyd yn oed yn cofio gwneud, tybed?"

Surodd wyneb y Llawforwyn. Saethodd blanhigion at Gorcan er mwyn ei glymu i'r fan, ond roedd y cadfridog yn gyflymach. Cododd ei fraich werdd. Cafodd hud y Llawforwyn ei rwystro gan y meleciwm. Cyn hir, roedd yr awyr yn niwl o sborau coch, a Gorcan ar goll yn ei ganol. Daliodd i symud tuag at y gelyn.

Gwnaeth y Llawforwyn ei gorau i ddianc, a'i phlanhigion yn codi o'i hamgylch unwaith eto.

Roedd Gorcan yn rhy gyflym. Gafaelodd yn ei chlogyn â'i fraich feleciwm gan dorri'r planhigion yn yfflon â'r llall, y niwl coch o'i amgylch yn dod yn fwy ac yn fwy trwchus. Cododd ei gleddyf i'r awyr, yn barod i ymosod ...

Aeth yr awyr yn ddu. Ffrwydrodd sŵn rhuo dros y mynydd o'r gorllewin. Disgynnodd y milwyr i'r llawr gan ysgwyd a gwingo.

"Beth ..." sgrechiodd Mantha. "Beth sy'n ... ?"

Mae'r sŵn 'na'n dod o gyfeiriad yr Ymerodraeth, meddai Pietro. *Uran ydi o.*

"Uran? *Yr* Uran?"

Wedi dod i rwygo'r byd yn ddarnau. Sy'n golygu bod rhywun arall am gyrraedd, unrhyw eiliad ...

Saethodd seren wib o nunlle dros y copa, a gwreichion o bob lliw yn poeri o'i chynffon. Anelodd tua'r gorllewin, a diflannu dros y gorwel uwchben y Bae Gwyllt.

"Beth oedd ... ?"

Y Crwydryn!

"Pwy? *Beth?*"

Un o'r uwch-dduwiau, wedi dod i gael gwared ar Uran, unwaith ac am byth! Mantha, mae'r frwydr fwya yn hanes y byd ar fin cychwyn, a 'dan ni fan hyn yn colli'r cyfan!

Daeth sŵn ffrwydrad arall, gan dreiddio drwy gyrff yr holl filwyr, wrth i'r seren wib daro'r llawr fil o filltiroedd i ffwrdd. Llifodd goleuni'n ôl i'r awyr. Fesul un, cododd y milwyr ar eu traed.

Gafaelodd Mantha ym mraich Erman a'i lusgo i fyny. Roedd ei geg yn symud yn fud, y geiriau ddim hyd yn oed yn mentro heibio i'w wefusau.

"Uran oedd e," meddai Mantha'n hyderus.

"*Yr* Uran? Y-yn ei b-b-byd ni? F-felly mae'r rh-rhyfel wedi'i g-g-golli!"

"Fyddwn i ddim mor sicr am hynny ..."

Gorcan oedd yr olaf ar ei draed. Cododd ei gleddyf o'r llawr. Sylweddolodd Mantha am y tro cynta fod ei arfwisg yn fudr bellach, y gwyn wedi'i gymysgu â mwd y frwydr – a sborau coch yn gorchuddio Gorcan o'i gorun i'w sawdl.

"Beth bynnag oedd e," meddai, "allwn ni ddim gadael i'r Llawforwyn ddianc."

Syllodd y milwyr yn fud at y clwt o dir gwag y tu ôl i Gorcan. Yng nghanol yr holl wallgofrwydd, roedd y Llawforwyn wedi diflannu ... a llwybr o blanhigion du'n arwain tuag at yr ogof enfawr yn y pen pellaf.

"Yn ffodus," meddai Gorcan eto, "mae gen i syniad ble'r aeth hi."

Trodd at yr ychydig ddwsinau o filwyr oedd wedi mentro

ar y copa gyda fe, gan edrych i lawr at y cannoedd yn dal i ymladd oddi tanynt.

"Un frwydr ar ôl, gyfeillion. Un frwydr fach, i roi'r rhyfel 'ma y tu ôl i ni am byth. Wnewch chi ymuno â mi unwaith eto?"

Yn araf, yn grynedig, cododd Gorcan ei gleddyf i'r awyr. Roedd y llafn – a'r llaw, a'r fraich oddi tano – yn goch tywyll, wedi'u cuddio'n llwyr o dan haen drwchus o sborau'r Llawforwyn.

"Gorcan!" daeth y floedd yn ôl. "Gorcan!"

"Dewch gyda mi, filwyr yr Ymerodraeth! I mewn i'r tywyllwch!"

"Gorcan!" bloeddiodd y milwyr fel un. "Gorcan! Gorcan Lawgoch!"

Heb wybod pam yn union, teimlodd Pietro ofn yn meddiannu ei enaid.

Wel, meddai, *dyna esbonio'r enw yna ...*

Llifodd byddin yr Ymerodraeth dros amddifynfeydd y copa, gan osgoi gwaywffyn y gelyn a threchu'r ychydig filwyr oedd ar ôl. Cafodd y muriau pren eu rhwygo i'r llawr, a chamodd Gorcan Lawgoch i mewn i'r mynydd.

CONCWEST Y CROMBIL

Syllodd Pietro'n fud wrth i Mantha droedio ar hyd llwybrau roedd e'n eu hadnabod yn dda. Ogof yr Horwth. Y pydew yn y pen draw – gyda grisiau pren cyfleus yn arwain at y gwaelod, oedd wedi hen bydru erbyn ei oes e. Yna'r twneli troellog oedd yn arwain at y ddinas, a'r ffaglau ar y waliau'n goleuo'r ffordd.

Daliodd Erman i glebran ar hyd y daith.

"Y'ch chi wedi c–cyfarfod y Ll–Llawforwyn o'r blaen, gadfridog?"

Nodiodd Gorcan.

"Do, mae gen i ofn. Yn ystod ymgyrch y brenin Cael yn erbyn Offeiriaid Adlaw. Fy rhyfel cyntaf."

"A h–hi wnaeth ... ?"

"Fy mraich? Ie."

"S–sut ... ?"

Ydi'r hogyn 'ma'n cau ei geg fyth? gofynnodd Pietro, yn ateb dros Gorcan.

"Meddet ti," atebodd Mantha.

Daethant i ben y twnnel ac edrych dros y ddinas o dan y mynydd. Roedd murmur isel i'w glywed wrth i'r ambell un o ddilynwyr y Llawforwyn – y rhai oedd ddim yn ddigon cryf i ymladd – grwydro'r ddinas yn anhapus.

Arweiniodd y llwybr o chwyn du i lawr grisiau cul a serth ym mhen y twnnel. Doedd dim cymaint o nerth yn y planhigion, yn ymestyn yn wannaidd at Gorcan yn hytrach nag ymosod arno. Torrodd y cadfridog y chwyn yn rhubanau, y sborau coch yn hedfan i bobman.

"Beth yw'r ll–lle 'ma?" gofynnodd Erman, yn gorfod rhedeg er mwyn dal i fyny â'i gadfridog. "Y'ch chi'n gwybod?"

"Wrth gwrs fy mod i," atebodd Gorcan yn biwis. "Fi wedi astudio cynlluniau'r ddinas ers blynyddoedd ... yn gwbod y byddai'r rhyfel yn erbyn y Llawforwyn yn dod â mi yma. Cloddfa oedd y lle'n wreiddiol, cyn i'r chwarelwyr ddod o hyd i rywbeth llawer mwy gwerthfawr na gwyrdd-y-gwyll. Ffynhonnell o bŵer aruthrol."

Y ffynnon, meddai Pietro.

"Y ffynnon?" gofynnodd Mantha. Trodd Gorcan ati'n ddrwgdybus.

"Dyna ti. Y Llawforwyn oedd yn rheoli'r lle pan ddaeth y ffynnon i'r golwg. Fe wnaeth hi ymestyn ei bywyd – mae'r wrach dros ganrif oed, yn hawdd. A'i gyrru'n wallgo, wrth gwrs. Pach! Dyna beth yw gwendid. Dros amser, fe ddaeth ei chloddfa'n ddinas, ei theyrnged bersonol i Uran. Roedd hi'n honni bod y ffynnon rhywsut yn gadael iddi siarad â'r duw ei hun. Gwir neu beidio, lledodd ei chelwyddau o un pen o'r byd i'r llall, gan droi mwy a mwy tuag at Uran. Hebddi hi, byddai'r rhyfel wedi dod i ben ddegawdau'n ôl. Mae *popeth* yn dibynnu ar gael gwared ar y Llawforwyn, unwaith ac am byth."

"A ... dinistrio'r ffynnon?" mentrodd Mantha. Gwgodd Gorcan.

"Ers pryd mae'n rhaid i gadfridog esbonio ei hun i was bach?" gofynnodd. Arhosodd Mantha'n dawel.

Wedi cyrraedd gwaelod y grisiau, daeth Gorcan â phawb at ei gilydd, gan eu gwahanu'n ddau lu.

"Chi," meddai, gan gyfeirio at y milwyr mwy musgrell. "Crwydrwch drwy'r lle 'ma. Pob modfedd. Ewch ar ôl dilynwyr y Llawforwyn."

Pwyntiodd at adeilad tal yn y pellter, y tu hwnt i'r tŵr gwylio yng nghanol y ddinas.

"Mae cynlluniau'r lle 'ma'n sôn bod carchar draw acw. Lle dychrynllyd yr olwg, ffrâm o wyrdd-y-gwyll o'i gwmpas. Os yw'r gelynion yn fodlon dod yn dawel, rhowch nhw yno a chloi'r drws ar eu hôl. Os ddim ... chi'n gwbod beth i'w wneud. Y gweddill ohonoch chi – gyda fi."

Arweiniodd y llwybr o blanhigion yn ddyfnach tua chanol y ddinas.

"Peth da bod llwybr 'da ni," meddai Mantha. "Mae'r lle 'ma'n ..."

"Ddrysfa?" atebodd Gorcan. "Ydi. Wedi'i adeiladu felly er mwyn cuddio cyfrinachau'r ddinas. Ond maen nhw yma, os wyt ti'n gwbod ble i edrych."

Pwyntiodd Gorcan at y clogwyni tua'r gorllewin.

"Mae 'na lifer, er enghraifft, wedi'i guddio rhywle'n yr uchelfannau. Mae ei dynnu'n agor argae uwch ein pennau ni, gan wagio'r holl lynnoedd o amgylch y mynydd – i mewn i'r ddinas. A'r cyfan wedi'i guddio y tu ôl i amddiffynfa o wyrdd-y-gwyll, er mwyn dychryn unrhyw ddewiniaid i ffwrdd. Fyddai'n well gan y Llawforwyn ddinistrio'r ffynnon na'i cholli. Y ffŵl."

Oedodd Mantha.

"Gorcan ... gadfridog ... syr. Ni *yn* mynd i ddinistrio'r ffynnon, on'd y'n ni?"

Cyn i Gorcan fedru ateb, torrodd llais arall ar draws. Llais dieithr – neu'n hytrach, *nifer* o leisiau'n dringo dros ei gilydd, a chasineb i'w glywed yn treiddio drwy bob un.

"Mae'r gelyn yn y mynydd. Mae yma i'ch dinistrio chi a phopeth ry'n ni'n gweithio drosto. Dinistrio breuddwyd Uran, y freuddwyd o baradwys diddiwedd, a ni – ei ddilynwyr ffyddlon – yn byw mewn heddwch am byth. Weision, y'ch chi am adael iddyn nhw ddinistrio'r freuddwyd?"

Daeth bloedd yn ôl o gysgodion a chorneli'r ddinas. Trodd Gorcan at ei filwyr.

"Brysiwch," meddai. Rhuthrodd pawb yn eu blaenau, allan o'r ddrysfa ac ar hyd iard fawr yng nghanol y ddinas, ac ambell un o ddilynwyr Uran yn dod i ddiwedd gwaedlyd ar y daith. Rhedodd y milwyr i mewn i'r twr yng nghanol yr iard wrth i lais y Llawforwyn atseinio i lawr unwaith eto.

"A chi, filwyr dewr yr Ymerodraeth. Ry'ch chi'n ymladd brwydr sy'n amhosib ei hennill. Does dim dinistrio Uran. Ei freuddwyd. Y ffynnon. Fe fydda i yma'n eu hamddiffyn am byth. Hyd fy niwrnod ola, a thu hwnt. Wedi i'r haul rewi, a'r lleuad losgi, a'r duwiau ddisgyn o'u gorseddau ... yma bydda i."

A'u cadfridog yn eu gyrru ymlaen yn ddidostur, mentrodd y milwyr i fyny grisiau'r twr, ac at y to agored.

Yno, roedd y Llawforwyn yn eu disgwyl, ei gwreiddiau duon yn chwipio'n wyllt o'i hamgylch.

Cododd Gorcan ei gleddyf o'i flaen. Daliodd y Llawforwyn i siarad.

"Mae gen ti ddewis, filwr dewr. Colli'r fraich arall ... neu fynd ar dy liniau a derbyn mai Uran yw dy waredwr. Yr unig dduw sy'n medru dy achub di. Dy filwyr. Dy ymerodraeth. Dy fyd."

y Llawforwyn

Roedd Gorcan bron â dweud rhywbeth. Bron â chynnig rhyw ymateb. Un llinell berffaith fyddai'n codi hyder ei filwyr, yn eu gyrru ymlaen er mwyn chwalu'r gelyn, unwaith ac am byth.

Ond roedd Erman yn gyflymach.

Rhedodd yn ei flaen, yn gweld ei hun yn dinistrio'r wrach – yn plannu ei gleddyf yn ddwfn i mewn iddi a dychwelyd i'r Ymerodraeth yn arwr.

Yn hytrach, saethodd un o'r gwreiddiau duon ymlaen a gafael yn Erman gerfydd ei freichiau. Daeth teimlad cyfoglyd i geg Mantha wrth iddi weld y milwr bach addfwyn yn hwylio'n ddiniwed dros ochr y tŵr.

Caeodd ei llygaid yn dynn wrth iddo ddiflannu o'r golwg.

Pwysodd ambell un o'r milwyr eraill ymlaen gan sgrechian yn ffyrnig, a phlanhigion y Llawforwyn yn gafael ynddyn nhw, yn eu tynnu oddi ar eu traed a'u taflu hwythau dros y dibyn.

Pwyntiodd Gorcan ei ddwrn at y wrach. Dechreuodd y pistonau ar ei fraich bwmpio i fyny ac i lawr, a'r mecanweithiau droi'n wyllt. Saethodd bolltau o olau gwyrdd – *gwrth-hud* – tuag at y Llawforwyn, gan dorri'r planhigion i lawr, a'u sborau coch yn hedfan i bobman. Gwthiodd hithau ei dwylo ymlaen. Daeth ffrwd o dendriliau du ohoni, yn taro bolltau Gorcan o'r ffordd cyn iddyn nhw ei chyrraedd, gyda chyfres o ffrwydradau bychain yn clecian fel tân gwyllt wrth i'r hud a'r gwrth-hud gyfarfod.

Roedd y Llawforwyn yn rhy gryf. Chwalodd fraich Gorcan yn ddarnau mân, rhai'n disgyn dros yr ochrau, eraill yn glanio gydag atsain yng nghanol y llawr, ac un darn yn sboncio i lawr y grisiau, gan ddod i orffwys ar y llawr oddi tano.

Ffion: Dyna ddaeth Sara o hyd iddo! Darn o fraich Gorcan!
Orig: Peth da dyw meleciwm ddim yn rhydu ...

Cafodd Gorcan ei daro ar ei hyd gan don hudol y Llawforwyn. Chwarddodd hithau'n wyllt, ei sgrechiadau i'w clywed dros y ddinas gyfan. Roedd pŵer ei duw yn gwthio trwy ei gwythiennau, yn llawer rhy gryf ...

Yna'n sydyn, tagodd ei chwerthin gwawdlyd yn ei gwddw a rowliodd ei llygaid i gefn ei phen. Ffrwydrodd ei hud fel swigen yn llawn dŵr. Disgynnodd ei sborau i'r llawr. Aeth y Llawforwyn ar ei gliniau, yn brwydro am ei hanadl.

Mae Uran wedi marw, meddai Pietro. *Mae'r Crwydryn wedi'i ddinistrio!*

"Mae Uran yn farw!" bloeddiodd Mantha. "Ymlaen! Ymlaen!"

Brwydrodd Gorcan ar ei draed a rhuthro tuag at y gelyn.

Gafaelodd yng ngholer y wrach, gan gipio rhywbeth bach oedd yn hongian o amgylch ei gwddw, cyn ei gwthio'n ddiseremoni oddi ar y tŵr.

Arhosodd y Llawforwyn yn annaturiol o dawel wrth blymio tua'r ddinas. Pwysodd Gorcan dros yr ochr, yn gwneud yn siŵr ei bod hi'n aros yn llonydd ar ôl taro'r llawr.

Mentrodd Mantha tuag ato. Gwelodd allwedd fach werdd yn ei law. Clymodd y cadfridog ei drysor newydd o amgylch ei wddw, yn union fel roedd y Llawforwyn wedi gwneud.

"Chi'n ... iawn?" gofynnodd Mantha. "Chi'n dawel, a chysidro'n bod ni newydd ennill y frwydr. Dinistrio'r Llawforwyn."

Daeth chwerthiniad uchel o strydoedd y ddinas. Gwibiodd ffurf ddychrynllyd i'r awyr – ysbryd y Llawforwyn, ei chnawd yn dechrau toddi oddi ar ei hesgyrn wrth i lygredd Uran afael yn ei henaid.

Dyma fy mynydd, sgrechiodd. *Mae'n perthyn i mi.*

Ffrwydrodd yn ddwsinau o oleuadau bychain, ei chwerthin yn atseinio dros y ddinas gyfan.

Camodd Mantha ymlaen.

"Yw hi wedi ..."

"Marw?" atebodd Gorcan. "Ydi a nac ydi. Fydd hi ddim mor hawdd dinistrio un mor nerthol â hi. Mae hi wedi bod yn bwydo oddi ar hud y ffynnon mor hir. Dyw hi ddim angen pŵer Uran bellach."

Gan anadlu'n drwm, cododd un darn o feleciwm o'r llawr a'i osod ar ei stwmp o fraich. Gwnaeth y mecanwaith sŵn hisian wrth ailgysylltu â'i gorff.

"Dim ond y ffynnon sydd ganddi ar ôl," meddai. "Does dim modd dweud pa bethau erchyll ddaw i'n byd ni gyda hi'n ei reoli. Dyw'r frwydr ddim ar ben eto. Mae'n rhaid i ni ddelio 'da'r ffynnon ... un ffordd neu'r llall."

Y MEIRW'N SIARAD

Ar ben yr un tŵr, fil a hanner o flynyddoedd yn ddiweddarach, roedd Sara a Nad yn craffu tua'r deml yn chwilota am Pietro.

Y tu ôl iddyn nhw, roedd siâp gwyn yn hedfan tuag atynt. Tynnodd gleddyf tryloyw o'i felt a'i ddal yn grynedig o'i flaen.

Anelodd Sara bwniad at asennau Nad.

"Mae rhywbeth yn dod," sibrydodd, yn gwneud ei gorau i aros yn ddigyffro. "Paratoa dy hun, Nad. Mae gen i syniad."

"Ych. Mae'n gas gen i pan wyt ti'n dweud hynny ..."

Byseddodd Sara ei breichled. Arhosodd yn llonydd, yn disgwyl i'r blew ar gefn ei gwddw godi'r mymryn lleiaf wrth i'r ysbryd agosáu.

Trodd hi'n gyflym. Collodd reolaeth am eiliad, a nodwyddau'r freichled yn pwmpio'n wyllt. Saethodd peli mawr o wrth-hud i bob cyfeiriad – dros doeau'r ddinas, tua'r tywyllwch uwch ei phen, a thua'r llawr oddi tani, y peli'n toddi trwy'r adeilad cyfan.

Llwyddodd i reoli ei harf newydd o'r diwedd, a llwyddo i saethu stribedi o niwl gwyrdd o amgylch yr ysbryd, yn ffurfio o'i gwmpas fel bariau carchar a'u plannu eu hunain yn y llawr.

Gollyngodd yr ysbryd ei gleddyf a gwichian mewn ofn, gan wibio rhwng bariau'r carchar fel gwenynen mewn pot jam, a darnau o'i gorff yn llosgi'n bowdr wrth iddo wneud.

Camodd Sara yn ei blaen.

"Pwy wyt ti?" gofynnodd.

"E-e-Erman," atebodd yr ysbryd yn wannaidd. "Fy e-e-enw yw E-e-Erman."

Ffion: Erman! Mae'n fyw! Neu'n ... farw.
Orig: Fi'n gwybod. Mae'n ddryslyd, on'd yw e?

"Rydw i'n f-filwr ym m-m-myddin yr Ymerodraeth, o dan arweiniad y c-c-cadfridog G-Gorcan Lawgoch."

"Byddin yr *Ymerodraeth*?" poerodd Nad. "O'n i'n meddwl mai dilynwyr Uran oedd yr ysbrydion 'ma."

"U-Uran?" poerodd yr ysbryd. "F-fyddai'n well gen i f-f-farw cyn g-gwasanaethu Uran!"

"Ia," cychwynnodd Nad. "Ynglŷn â hynny. Mae gen i fymryn o newydd drwg ..."

Torrodd Erman ar ei draws.

Erman

"D-dyma ein mynydd. Mae'n p-p-perthyn i ni. Mae'r c-cadfridog wedi m-mynnu ein bod yn amddiffyn y ff-ff-ffynnon. Er ... d-dyw'r ddinas ddim yn lle b-braf i grwydro o'i hamgylch am b-b-byth. Mae'r c-crancod 'na wedi t-tyfu'n wyllt, yn un peth. P-pethau bach d-diniwed oedden nhw, yn nofio'n ddel yn y c-c-cronfeydd. Ond bellach ... maen nhw'n f-fwystfilod. Pwy a ŵyr be sy'n c-cuddio o dan y c-c-cregyn 'na.

"Ac allwn ni ddim c-crwydro'r ddinas g-g-gyfan, hyd yn oed! M-mae g-gwyrdd-y-gwyll ym muriau'r d-deml a'r s-stordy mawr yn ein rhwystro ni rhag eu c-c-cyrraedd. Dim dewis ond t-troedio'r un ll-llwybrau eto ac eto."

"Be 'di gwyrdd-y-gwyll?" sibrydodd Nad.

"Sh!" atebodd Sara.

"Nid bod yr h-holl ddinas yn b-braf, c-cofiwch," aeth yr ysbryd ymlaen. "Y c-carchar, er enghraifft ..."

Estynnodd yr ysbryd ei fraich at adeilad crwn dafliad carreg o'r tŵr. Roedd ffrâm gywrain o feleciwm wedi'i gosod o'i gwmpas, a rhannau o'r to wedi syrthio'n ddarnau dros y canrifoedd.

"Mae d-drewdod Uran yn d-d-drwm yno. Ych-a-fi."

Oedodd Erman, gan edrych o'i gwmpas yn ddryslyd.

"B-be ... b-b-be ... b-beth oedd y cwestiwn eto?"

"Pwy wyt ti?" meddai Sara. "Ond diolch am ateb mor

drylwyr."

"Mae'n dd-ddrwg gen i. Mae'n sbel ers i mi g-gwrdd â rhywun newydd."

"Cwestiwn arall," meddai Nad. "Lle ma Heti a Pietro?"

"P-p-pwy?"

Crynodd y tŵr. Brwydrodd Sara a Nad i aros ar eu traed, yn clywed creigiau'n cael eu hysgwyd yn rhydd o'r lloriau oddi tanynt.

"Beth sy'n digwydd?" gofynnodd Sara. Dechreuodd Erman ddychryn eto, gan wibio mewn cylchoedd bach.

"Mae'r t-tŵr 'ma wedi s-sefyll yn g-gadarn ers y g-gorffennol p-p-pell. Y d-drws wedi cau, a d-dim byd byw wedi m-m-mentro i mewn ers talwm. A d-d-dyna chi'n t-taflu'r drysau ag agor, yn dringo ac yn neidio ac yn rhedeg, yn ysgwyd yr h-h-hen le i'w seiliau. Wnaiff e ddim p-p-para'n hir."

Rhedodd Nad o amgylch ochrau'r tŵr, yn edrych yn ofer am ffordd i lawr. Trodd Sara'n syth at yr adeilad wrth eu hymyl, y tyllau duon yn y to fel petaent yn galw arni ...

Gafaelodd yn llaw Nad, gan ei lusgo oddi wrth y dibyn. Disgynnodd y ddau ar eu gliniau wrth i fwy o'r tŵr ddisgyn.

"Wyt ti'n ymddiried ynddo i, Nad?"

Edrychodd Nad fymryn yn sâl wrth i'r llawr ysgwyd oddi tano.

"Mae'n dibynnu be ti'n bwriadu ei wneud nesa ..."

"Dilyna fi!"

Chwalodd y carchar o wrth-hud a hedfanodd Erman yn rhydd, yn falch o gael dianc. Law-yn-llaw, gwibiodd Sara a Nad tua'r dibyn wrth i graciau enfawr hollti drwy'r llawr oddi tanynt.

Ar yr eiliad olaf un, llamodd y ddau oddi ar y to. Cwympodd y tŵr mewn ffrwydrad o gerrig a chreigiau, a'r cwmwl o lwch yn cael ei daflu dros weddill y ddinas.

Diflannodd Sara a Nad drwy'r holltau yn nho'r adeilad wrth eu hymyl, a chael eu llyncu gan y tywyllwch.

HETI A'R CRANC

Cyrhaeddodd Heti a Soffi sgwâr ganolog y ddinas mewn pryd i weld y tŵr yn disgyn.

Rhuthrodd y ddau i guddio mewn stryd gefn wrth i'r awyr o'u cwmpas lenwi â cherrig yn chwyrlïo i bob cyfeiriad. Chwalodd y tŵr yn erbyn un adeilad ar ôl y llall. Cwympodd sawl un o adeiladau'r ddinas, gan ysgwyd seiliau'r ogof gyfan.

Disgynnodd Soffi ar ei hochr a rhoi hances dros ei cheg, yn gwneud ei gorau i'w hamddiffyn ei hun – a'i llais – rhag y niwl o lwch o'i chwmpas.

Doedd Heti ddim fel petai'n malio. Chwalai cerrig a brics yn ei herbyn, gan dynnu gwaed a'i gorchuddio mewn haen lwyd drwchus. Ond daliodd i gerdded yn farwaidd tuag at ben yr iard, ble roedd y tŵr wedi sefyll.

"Roedden nhw yno," meddai Heti i'w hun. "Sara a Nad. Dyna fi wedi'u colli nhw. *Eto*."

"Heti," pesychodd Soffi o'r stryd gefn. "Tyrd yn ôl."

Ond doedd Heti ddim yn clywed. Daliodd i gerdded, ar

goll yn ei meddyliau ei hun ... nes i'r cranc lanio o'i blaen.

Roedd y creadur wedi bod yn gwylio o'r cysgodion, ei lygaid bach duon yn lledu wrth i adeiladau'r ddinas ddymchwel, a'i nifer o dafodau yn chwarae'n ddisgwylgar o amgylch ei geg wrth weld Heti a Soffi'n agosáu. Roedd wedi bod yn flynyddoedd maith ers iddo fwyta unrhyw beth heblaw'r pysgod bychain oedd yn llenwi'r hen garthffosydd o dan y ddinas.

Ffion: *Ti'n gwbod sut ma cranc yn meddwl rŵan?*
Orig: *Mae'n ddigon hawdd dyfalu, Ffion. Dydyn nhw ddim yn rhai o feddylwyr mawr y byd.*

Edrychodd Heti i fyny a thynnu Styllen oddi ar ei chefn yn ddigyffro wrth i'r creadur ruo.

"Rwyt ti wedi dewis y diwrnod anghywir i ymladd 'da fi."

Trodd y cranc tua'r ochr ac ymosod, ei goesau'n clecian ar hyd y llawr caregog gan daflu meini i bobman. Dawnsiodd Heti o'r ffordd yn ddigon gosgeiddig, cyn rhedeg heibio coesau'r bwystfil a llusgo Styllen ar eu hyd. Torrodd yr hoelion trwy'r gragen a hollti'r cnawd oddi tani. Sgrechiodd y cranc a chwympo ar un ochr, ei grafangau'n chwipio o'i gwmpas.

Cyn i Heti fedru dianc, llwyddodd y cranc i'w chipio yn

un o grancod y ddinas

ei grafangau, gan ddal ei hysgwyddau'n dynn yn erbyn ei chorff. Ciciodd hithau ei choesau'n wyllt wrth i'r anghenfil ei chodi uwch ei ben. Agorodd ei geg i ddatgelu tafodau, tentaclau, a pob mathau o rannau o'r corff doedd dim enwau ar eu cyfer.

Dechreuodd Heti chwifio Styllen i fyny ac i lawr fel dynes o'i cho', yr hoelion yn tyllu'n ddyfnach ac yn ddyfnach i mewn i'r grafanc, ei thraed bron â chyffwrdd dannedd miniog y bwystfil.

Ers pryd mae gan granc ddannedd? meddyliodd.

Anelodd un ergyd olaf am i fyny.

Craciodd un o grafangau'r bwystfil yn ddwy, a chafodd Heti ei throchi mewn llysnafedd du wrth i'r cranc ei gollwng i'r llawr, yn sgrechian ac yn ysgwyd yr un grafanc oedd ar ôl yn gandryll.

Yn synhwyro mai dyma fyddai ei hunig gyfle, brwydrodd Heti ar ei thraed. Baglodd ymlaen tuag at y coesau ar ochr draw'r cranc. Plannodd Styllen i mewn i'r gragen, gan ei defnyddio i'w thaflu ei hun i fyny, fesul cam, ar ei gefn.

Aeth y cranc yn wallgo, yn troi o ochr i ochr mewn ymdrech i ysgwyd Heti i ffwrdd. Daliodd hithau i droedio yn ei blaen, yn syllu'n ddiwyro tuag at ben yr anghenfil.

Daeth â Styllen i lawr, eto ac eto ac eto. Roedd y gragen yn gwrthsefyll ei hergydion i ddechrau, ond daeth yn fwy ac yn fwy bregus wrth i Heti ddal i ymosod, a darnau ohoni'n hedfan o'i chwmpas yn gymysg â llwch, cerrig mân, a gwymon.

Daeth o hyd i'r ymennydd, yn lwmpyn mawr tywyll yn curo fel calon ac ambell baraseit yn sugno gwaed ohono'n ddiniwed. Anelodd Heti un ergyd olaf, gydag un o'r hoelion yn plannu ei hun yn ddwfn i mewn i'r ymennydd. Rhoddodd y creadur sgrech, ei dafodau'n clymu'n gylchoedd o amgylch ei gilydd wrth symud yn wyllt fel tonnau'r môr.

Disgynnodd i'r llawr, gan lwyddo i ysgwyd Heti oddi ar ei gefn o'r diwedd. Hwyliodd hithau drwy'r awyr a rowlio i stop wrth draed Soffi. Eisteddodd y gantores yn gegrwth wrth i Heti godi ar ei thraed ac ymdrechu'n ofer i frwsio llwch a lympiau o gig cranc oddi arni.

"Roedd hynny'n *anhygoel*," meddai Soffi. "Mae 'na gân wych am hyn i gyd yn cuddio'n rhywle y tu mewn i mi."

"Dyw hyn ddim yn jôc," atebodd Heti. "Ddim yn antur fach ysgafn, neu'n stori i'w hadrodd i'r plant cyn cysgu. Fi wedi'u *colli* nhw, Soffi."

Cododd Soffi.

"Nid dyma fy antur gynta i, Heti. Hen betha blêr ac annifyr ydyn nhw'n y bôn. Mae fy nghaneuon i'n llyfnhau'r corneli fymryn bach. Yn gwneud y byd fymryn yn llai dychrynllyd. Dwi ddim yn meddwl bod hynny'n beth *rhy* ddrwg. Ac ydyn, mae anturiaethau'n cael y gorau ar bobl weithiau. Dyna eu natur nhw, mae gen i ofn. Ond Heti ... dydi pawb ddim wedi'u colli eto. Rwyt ti a mi'n dal yma."

Rhoddodd law ar ysgwydd Heti.

"A'r storïwr bach 'na. Pietro. Mae o'n disgwyl cael ei achub. Does neb gwell i wneud na ti, coelia fi."

Rhwbiodd Heti ddeigryn oddi ar ei boch. Trodd at y pentwr aruthrol o rwbel oedd bellach yn llenwi canol y ddinas, y llwch yn dechrau setlo.

"Mae dod o hyd i Pietro newydd ddod yn dipyn mwy anodd," meddai. "Ti'n gwbod unrhyw ganeuon da am chwilio drwy rwbel?"

"Na," atebodd Soffi wrth godi ei thelyn. "Ond mi fetia i y medra i sgwennu un."

Crwydrodd y ddwy ymhellach i ganol y ddinas, yn camu drwy'r chwalfa o'u hamgylch, a gadael corff enfawr y cranc ar eu holau.

Roedden nhw allan o'i olwg pan wingodd un o'i grafangau'r mymryn lleiaf. Yna'r llall.

Daeth sŵn udo o'i geg. Dechreuodd y creadur ddirgrynu. Craciodd y gragen dros ei goesau. Yna'i gorff, a'i grafangau, a'i ben.

Fel sarff yn cael gwared ar hen groen, ysgydwodd y peth ei gragen i ffwrdd, a rhannau ohono'n chwalu yn erbyn y llawr. Llithrodd rhywbeth *arall* allan. Ffurf ddu, ddi-siâp, yn symud yn araf tua chysgodion y ddinas er mwyn adennill ei nerth.

Ac yn ei galon roedd casineb yn llosgi, casineb at y creadur bach powld oedd newydd ymosod arno.

Fe oedd brenin yr ogof. Doedd neb wedi bod mor hurt â'i herio ers ymhell cyn cof.

Fe fyddai'n rhaid iddo ddringo'n ôl ar ei orsedd. Un ffordd neu'r llall ... fe fyddai'n rhaid dial.

Y CARCHARDY

Caeodd oerfel o amgylch Nad oedd yn amhosib ei ddisgrifio. Roedd e'n deall, rhywle yng nghefn ei feddwl, ei fod wedi glanio mewn pwll o ddŵr, ond doedd e ddim yn medru cofio sut, na pham. Doedd dim byd ond yr oerfel.

Gwingodd ei gorff yn erbyn ei ewyllys yn syth ar ôl glanio, ond yna aeth yn llonydd. Roedd yr oerfel fel blanced o'i amgylch. Dechreuodd deimlo'n gyffforddus. Bron yn gynnes. Llithrodd yn araf i waelod y pwll.

Teimlodd law o amgylch ei arddwrn. Agorodd ei lygaid fymryn. Yn y tywyllwch o'i amgylch, roedd goleuadau bach cochion yn sbecian, ambell un yn neidio o un ochr i'r llall.

Edrychodd i fyny. Gwelodd gorff, ei goesau'n cicio'n wyllt ... a mop o wallt coch.

Sara!

Llifodd ei holl yn atgofion yn ôl. Yr ysbryd ar ben y tŵr, a'r naid wallgo at yr adeilad nesaf, Sara ac yntau'n diflannu law yn llaw drwy'r tyllau yn y to.

Ddylen nhw ddim bod wedi goroesi. Ond rhywsut, dyma lle'r oedden nhw. Yn fyw, diolch i Sara.

Doedd yr antur ddim drosodd eto.

Ciciodd Nad ei goesau yntau, a ffrwydrodd y ddau drwy wyneb y dŵr, yn crafangu yn erbyn ochrau'r carchardy ac yn llowcio cegeidiau o aer.

"Sut oeddet ti'n gwbod," gofynnodd Nad o'r diwedd, "bod y lle 'ma'n llawn dŵr?"

"Teimlad," atebodd Sara, "yn ddwfn y tu mewn i mi. Alla i ddim esbonio'r peth."

Ffion: Doedd gan Sara ddim syniad, nag oedd?
Orig: Ffliwc llwyr.

Dringodd y ddau ar silff o graig uwchben y pwll, eu dannedd yn clecian a'u meddyliau ymhell.

Roedd yr ystafell yn gylch perffaith, yn ymestyn ymhell, bell oddi tanyn nhw. Am i fyny, roedd waliau llaith a mwsog gwlyb yn eu gorchuddio yn ymestyn tua'r to, a llygedyn o olau gwyrddaidd rhyfedd y ddinas yn sbecian drwy'r holltau uwch eu pennau.

"Ddywedodd yr ysbryd mai carchar oedd hwn?" gofynnodd Nad.

"Do. Carchar da iawn, o gofio bod yr holl ddŵr yn dal

yma. Does dim ffordd mas ... am i lawr, o leia."

Daliodd Nad i glebran wrth i Sara godi'n ofalus ar ei thraed.

"Dwi ddim yn siŵr ydw i isio mynd yn ôl i lawr, beth bynnag. Welaist ti'r goleuada rhyfedd 'na? Y rhei coch?"

"Fi ddim yn ddall, Nad."

"Be ti'n meddwl ydyn nhw?"

"Mwy o ysbrydion," meddai Sara'n rhyfeddol o ddi-hid. "Y ffrâm o feleciwm o gwmpas y lle 'ma'n eu rhwystro rhag dianc."

"Ych. 'Sa ti'n meddwl – ar ôl busnes yr Horwth, a'r hunlle newydd yma – y byswn i'n arfar efo'r math yma o beth. Ond na. Be ti'n feddwl ti'n neud?"

Roedd Sara wrthi'n byseddu'r waliau'n ofalus, yn craffu tua'r ochr draw, yn nodi'n dawel pa rannau oedd yn sych a pha rai oedd yn llaith, ac yn mapio llwybr anweledig at y to.

"Fi'n credu y medrwn ni ddringo i fyny. Dianc."

"A wedyn?"

"Dringo o do i do, nes cyrraedd y pen pella. A Pietro, gobeithio."

"Glywist ti'r synau ffrwydro 'na tu allan? Sara, dwi ddim yn siŵr bod 'na doeau *ar ôl*."

Doedd Sara ddim yn gwrando. Dringodd i fyny'n ara deg, ei bysedd yn ffitio'n dwt rhwng y creigiau, a bodiau ei thraed yn tyllu rhychau newydd yn yr hen sment bregus.

"Be ddywedais i?" gwaeddodd Sara i lawr. "Hawdd!"

Sara

Roedd hynny'n ddigon i dorri ar draws ei chanolbwyntio. Llithrodd ei llaw ar ddarn o fwsog. Collodd ei thraed afael ar y wal, a disgynnodd ar ei hyd i mewn i'r dŵr.

Brwydrodd yn ôl i fyny ar y silff o graig, yn poeri dŵr o'i cheg fel pysgodyn.

"Sut aeth hynny?" gofynnodd Nad. "Da?"

Ysgydwodd Sara ei phen a sibrwd rhegfeydd tuag ato, cyn cychwyn arni eto. Dringodd yn arafach fyth, gan ddadansoddi pob un fodfedd o'r wal cyn symud.

Roedd bron iddi gyrraedd y to pan gwympodd adeilad arall yn y pellter, yn gyrru ton o gryndod drwy'r ddinas. Collodd Sara ei gafael. Disgynnodd i'r pwll eto.

Dringodd yn ôl ar y silff eto fyth, yn rhegi'n llawer uwch erbyn hyn.

"Fi'n medru gwneud hyn," meddai. "Fi *yn* medru gwneud hyn."

"Falla wir," meddai Nad yn ansicr. "Ond dwi ddim."

Doedd Sara ddim yn gwrando. Dringodd eto, yn syth i fyny'r tro yma – ac yn llawer cyflymach. Roedd ei thymer yn dechrau cael y gorau arni.

Llithrodd ei thraed oddi tani. Gwnaeth ei gorau i afael yn y waliau wrth ddisgyn, a daeth talpiau ohonynt i lawr ar ei phen.

Bownsiodd Sara'n galed yn erbyn y silff roedd Nad yn eistedd arni. Eiliadau'n unig ar ôl i Sara lanio'n y dŵr, craciodd y silff o dan Nad cyn malu'n friwsion, gan ei ollwng yntau i mewn i'r pwll am yr eildro.

Gafaelodd y ddau yn ei gilydd a nofio at y waliau, a'r oerfel yn gafael ynddyn nhw'n syth. Rhynnodd Sara a Nad ym mreichiau ei gilydd wrth gicio'n wyllt er mwyn aros uwch yr wyneb.

Sara oedd y cynta i fedru siarad.

"Does dim ffordd mas. Wir yr. Dim *un*."

Edrychodd Nad i lawr. Roedd y goleuadau coch i'w gweld yn glir, hyd yn oed o'r wyneb, yn dal i ddawnsio'n hypnotig o ochr i ochr.

"Nac oes," meddai. "Does 'na ddim."

Edrychodd Sara yn ddwfn i lygaid Nad.

"Nad," meddai, ei dannedd yn dechrau clecian, "dyma'r diwedd go iawn, yndyfe?"

Nodiodd Nad.

"Debyg iawn. O leia'n bod ni efo'n gilydd, Sara. Mae gennym ni hynny, o leia."

Pwysodd bysedd Sara'n ddwfn i ysgwydd Nad. Gafaelodd yn dynnach.

"Oes," meddai. "Mae gennym ni hynny."

I MEWN I'R DEML

Rhuthrodd Gorcan drwy'r ddinas, ei filwyr yn gwneud eu gorau i'w ddilyn.

Mantha oedd yr agosaf ato, yn osgoi clebran â'r milwyr eraill. Roedd ei meddwl yn chwyrlïo â phob math o ddelweddau erchyll. Y frwydr. Ysbryd y Llawforwyn yn codi uwchben y tŵr.

Erman.

Oedodd Gorcan am eiliad er mwyn siarad â mintai arall o filwyr, eu carcharorion yn llusgo'u traed yn flinedig wrth eu hymyl ac yn edrych o'u cwmpas mewn arswyd pur. Roedden nhw oll mewn gwisgoedd o goch a du, a'r rheini'n hongian oddi ar eu cyrff esgyrnog.

Cerddodd Gorcan ymlaen yn ddi-hid wrth i'r trueiniaid gael eu hebrwng at y carchar. Gwnaeth un ymdrech i ddianc, cyn i griw o filwyr yr Ymerodraeth neidio arno, ei ddyrnu'n ddu-las a'i daflu i un o gelloedd tywyllaf y carchardy.

Daliodd Mantha i fyny â Gorcan ger set anferth o risiau

yn arwain at y deml. Y naill ochr iddi roedd cerfluniau dychrynllyd yn edrych i lawr, yn sgyrnygu ac yn rhuo ac yn chwerthin yn wallgo.

Gofyn iddo fo be wneith o efo'r Llawforwyn, meddai Pietro. Gwingodd Mantha. Ar ben popeth, roedd ganddi lais yn ei phen yn cyfarth gorchmynion.

Roedd hi wedi cael dyddiau gwell.

"Be wnewch chi gyda'r Llawforwyn?" gofynnodd hithau. Crychodd Gorcan ei geg.

"Gad y Llawforwyn i mi," meddai.

A'r ffynnon? gofynnodd Pietro.

"A'r ffynnon?" gofynnodd Mantha.

Gwnaeth Gorcan sŵn tuchan. Cyrhaeddodd ben y grisiau a rhuthro yn ei flaen ar draws llwyfan eang, lle'r roedd mwy o gerfluniau y naill ochr i'r llwybr drwy'r canol. Cafodd Mantha ei gadael ar ôl. Daeth llais Pietro i'w meddwl eto.

Ti'n cael y teimlad ei fod o ddim isio ateb y cwestiwn yna?

Estynnodd Gorcan am yr allwedd. Chwaraeodd ei dafod o amgylch ei wefusau wrth agor y clo. Llwyddodd, rywsut, i anwybyddu'r wynebau brawychus yn edrych i lawr o'r waliau. Rhewodd Mantha yn ei hunfan wrth i Gorcan agor drws y deml, a'r wynebau fel petaent yn sgrechian arni'n fud, yn ei rhybuddio rhag dod ymhellach.

"Y peth yw," sibrydodd Mantha o dan ei hanadl, "ni'n

gwbod ei fod e *ddim* yn dinistrio'r ffynnon. Mae'n dal yno yn dy oes di, on'd yw hi?"

Ydi ...

"Alla i ddim newid y dyfodol, Pietro."

Dyna beth gwirion i'w ddeud. Dwyt ti erioed wedi trio.

Diflannodd Gorcan rhwng y drysau. Wrth frysio heibio i'r wynebau ar y wal, caeodd Mantha ei llygaid yn dynn, yn mentro eu hagor eto wedi iddi basio.

Roedd rhaid iddi binsio ei hun yn syth er mwyn gwneud yn siŵr nad oedd hi'n breuddwydio.

Roedd y deml yn fwy nag unrhyw ystafell iddi ei gweld erioed, hyd yn oed yn fwy na'r ogof fawr ar gopa'r mynydd. Roedd yn berffaith grwn, gyda mwy o gerfiadau wedi'u naddu i'r waliau mewn patrymau cywrain, yn troi ac yn trosi dros ei gilydd fel nyth o nadroedd.

Ffion: *Mae o bron â gwneud i'r Twll edrych fel lle braf.*
Orig: *Hei! Rhag dy gywilydd di!*
Ffion: *Bron.*

Mewn cylch o fewn y waliau roedd pump o golofnau'n ymestyn yr holl ffordd i fyny at y nenfwd, hanner hwnnw wedi'i gerfio, a'r hanner arall yn fynyddoedd moel o feleciwm crai. Aeth Mantha'n gegrwth wrth iddi sylweddoli bod yr holl le wedi'i naddu o'r un darn anferth o fetel.

O amgylch gwaelodion y colofnau roedd sgaffaldiau o haearn a phren, yn gwneud eu gorau i ddal y pwysau uwch eu pennau.

A rhyngddyn nhw, yng nghanol y deml, roedd y ffynnon.

Roedd yn ddisg o olau gwyn llachar, ei hwyneb yn donnau ysgafn, yn sefyll ar ei hochr o fewn darn mawr o feleciwm, wedi'i hanner naddu'n dalpiau miniog. O bryd i'w gilydd poerai ambell ddiferyn o hud disglair o'r ffynnon, gan doddi'n ddiniwed wrth daro'r llawr.

Safodd Mantha wrth ymyl Gorcan o flaen y ffynnon. Edrychodd draw at ei chadfridog. Roedd rhywbeth yn wahanol iawn ynddo. Fe gymerodd hi rai eiliadau i Mantha sylweddoli beth oedd wedi newid.

Roedd Gorcan yn gwenu.

Ger mynedfa'r deml roedd gweddill y milwyr yn ymgasglu, pob un yn edrych o'i gwmpas mewn anghrediniaeth. Ac uwch eu pennau, yn hofran yn ofalus drwy'r drws, daeth pelen fach o olau gwyn.

"Gorcan," sibrydodd Mantha, yn pwnio ysgwydd ei chadfridog yn frysiog. "Mae 'na rywbeth yma."

Doedd Gorcan ddim yn gwrando. Welodd o ddim mo'r golau'n trawsnewid i ffurf gyfarwydd y Llawforwyn. Chwarddodd hithau'n dawel cyn gwibio mewn cylchoedd uwchben y milwyr – ac yna i lawr, yn saethu drwy un milwr ar ôl y llall, yn gadael patrymau o olau ar eu hôl wrth i'r milwyr ddisgyn yn farw.

Cuddia! mynnodd Pietro.

Rhuthrodd Mantha y tu ôl i un o'r colofnau, yn gwasgu yn erbyn y sgaffaldiau, wrth i Gorcan droi o'r diwedd. Gwelodd gyrff ei filwyr ar lawr. Gwenodd y Llawforwyn o glust i glust.

"Gorcan!" sibrydodd Mantha eto, gyda llawer mwy o frys. "Os gallwn ni chwalu'r colofnau 'ma, fe allwn ni guddio'r ffynnon am byth! Ei dinistrio!"

Safodd Gorcan yn ei unfan, yn gwneud yn siŵr bod gweddillion ei fraich fetel wedi'u cysylltu'n iawn.

"Pam," meddai, ei benderfyniad wedi'i wneud o'r diwedd, "y byddwn i'n gwneud peth felly?"

Camodd yn ei flaen, yn saethu bolltau hud o'i fraich tuag at ysbryd y Llawforwyn, a hithau'n osgoi pob un heb drafferth. Trawodd un yn erbyn y sgaffaldiau gan eu chwalu'n deilchion, a dechreuodd y golofn uwch eu pen wichian a chrecian yn uchel.

Aeth Mantha'n ôl i guddio.

Roedd y ddau mor ddrwg â'i gilydd. Doedd dim yn bwysig iddyn nhw ond meddiannu pŵer y ffynnon. Efallai wir bod rheswm da dros y rhyfel yn erbyn Uran, ond doedd dim pwrpas i'r un frwydr yma ond setlo ffrae fach bitw. Roedd miloedd wedi marw, ar y ddwy ochr – gan gynnwys y Llawforwyn ei hun. A doedd hyd yn oed *hynny* ddim wedi rhoi paid ar yr ymladd.

Digon oedd digon.

Wrth i Gorcan roi ei holl sylw i'r Llawforwyn, troediodd Mantha'n ysgafn y tu ôl iddo, ei dwylo'n crynu a'i hanadl yn dal yn ei gwddw.

Nawr! mynnodd Pietro. Gydag un symudiad cryf, cipiodd hi'r allwedd oedd o amgylch gwddw'r cadfridog, wrth iddo yrru bollt arall i gyfeiriad y wrach. Arhosodd Mantha ddim yn ddigon hir i weld a oedd Gorcan wedi sylwi, a rhedodd nerth ei thraed am ddrws y deml.

Welodd hi mo'r Llawforwyn yn agosáu at Gorcan wrth i fwy o'i folltau fethu'r targed. Welodd hi mo'r ysbryd yn hedfan o'i amgylch, yn creu corwynt o hud oedd yn ddigon pwerus i'w daro oddi ar ei draed. Welodd hi mo'r fraich o feleciwm yn chwalu'n ddarnau, gan adael Gorcan yn ddiamddiffyn.

Cyrhaeddodd Mantha ddrysau'r deml mewn pryd i weld Gorcan yn sgrialu ar ei draed a rhedeg tuag ati, gwreichion a stêm yn tasgu o weddillion ei fraich, a gwyn ei arfwisg bron wedi'i golli'n llwyr dan haenau ar ben haenau o fwd a gwaed.

"Mantha!" meddai. "Achuba fi!"

Gwibiodd Mantha allan trwy ddrws y deml a'i lithro ar gau â'i holl egni. Trodd yr allwedd yn y twll a disgynnodd yn erbyn y drws, yn anadlu'n drwm.

Yr ochr arall i'r drws clywodd eiriau olaf Gorcan ...

"Na! Bradwr!"

... cyn i'r Llawforwyn ei ddal o'r diwedd.

FFION AC ORIG

Eisteddai Ffion ac Orig o amgylch tân mewn ogof fach, hanner ffordd ar hyd y twnnel, yn gwneud eu gorau i rostio nionyn roedd Orig wedi'i bysgota o waelodion ei fag.

Roedd Ffion yn adnabod yr ogof yn iawn, er nad oedd hi erioed wedi'i gweld. Yma roedd Orig – ac Abei, a Toto, a Meli, a Shadrac yr offeiriad – wedi cuddio ar ôl cael eu cipio gan yr Horwth, gan aros am ddyddiau i Sara a Heti eu hachub. Ymfalchïodd Ffion yn y profiad o ddilyn yn olion traed arwyr y Copa, gan gnoi'r nionyn yn fecanyddol.

"Felly roedd Gorcan yn farw?" meddai o'r diwedd.

"Mor farw â'r Llawforwyn," atebodd Orig, "ond bod rhai'n medru delio â'r peth yn well nag eraill."

"Ond roedd e'n arwr chwedlonol, i fod. Wyddwn i ddim bod rywun fel fo yn medru marw mewn ffordd mor ..."

"... ddi–ddim? Does gan neb hawl i farw'n dda, Ffion. Hyd yn oed rhywun fel fe. A digon gwir, mae'r straeon amdano wedi cael eu chwyddo dros y blynyddoedd. Ond fe ddylet ti wbod erbyn hyn nad yw pob stori'n dweud y gwir i gyd."

Cododd Orig a brwsio cerrig mân oddi ar ei liniau.

"Sôn am straeon ... mae'r un yma bron â dirwyn i ben. Dim ond un lle sydd ar ôl i'w weld."

Dilynodd Ffion yr hen ddyn i lawr y twneli oer oedd yn arwain at y ddinas. Llenwodd Ffion y distawrwydd annaturiol â mân siarad, yn gwneud ei gorau glas i wasgu mwy o fanylion am y stori allan o Orig.

"Wnaeth pawb lwyddo i ddianc o'r mynydd yn fyw? Mae'n edrach braidd yn ddu ar Sara a Nad ..."

Ochneidiodd Orig.

"Am y tro ola, Ffion, dyw straeon ddim yn hwyl os wyt ti'n gwbod beth sy'n dod. Faint o weithiau sydd rhaid i fi esbonio hynny? Diar, diar, diar. Ro'n i'n disgwyl gwell gennyt ti, wir."

Ar hynny, daeth y ddau drwy agoriad y twnnel, ac ehangder yr ogof yn agor o'u blaenau. Ond tra bod y deml yn dal i'w gweld yn y pen pellaf, roedd gweddill y ddinas wedi ... mynd, wedi'i chladdu dan dunelli o graig, gydag adfeilion un neu ddau o'r adeiladau uchaf yn codi uwchben y llanast.

Trodd Ffion at Orig yn ddisgwylgar.

"Wrth gwrs," meddai Orig yn ansicr, "does dim ffordd o osgoi sbwylio *ambell* stori. O bryd i'w gilydd."

CHWALFA

Crwydrodd Heti a Soffi'r strydoedd yn boenus o araf, yn camu'n ofalus drwy'r rwbel a gwneud eu gorau i osgoi'r cymylau o lwch oedd bellach yn nofio drwy'r ddinas. Chwaraeai Soffi ei thelyn yn hamddenol.

"Sut elli di feddwl am gerddoriaeth ar adeg fel hyn?" gofynnodd Heti.

"Adegau fel hyn yw'r rhai gorau ar gyfer cerddoriaeth," atebodd Soffi. "Pan mae petha ar eu tywyllaf."

Gydag un llaw, cododd Heti dalp anferth o rwbel a'i daflu'n gwbl ddi-hid, cyn twrio ymysg y cerrig oddi tano am unrhyw arwydd o'i ffrindiau.

"Petai gen i dy gryfder di ..." meddai Soffi.

"Och," ebychodd Heti. "Y dôn gron yma eto. Do, fe wnes i ymladd y Giang Goch ar ben fy hun, a chodi bwthyn mewn un noson, a reslo archosawr ..."

"Reslo *archosawr*? Wir yr?"

"... ond fyddai'n llawer gwell gen i roi fy nhraed i fyny

gyda phaned o de, a llyfr, mae'n siŵr ... petawn i'n medru darllen. Gwnïo, a choginio, a phiclo llysiau. Maen nhw'n ddiflas, ond *dyna'r* pethau fi'n hoffi gwneud. Nid *hyn.* Wel, fi wedi cael digon. Dyma fy antur ola, Soffi, un ffordd neu'r llall."

Rhoddodd Soffi ei thelyn i lawr. Meddyliodd yn hir am beth i'w ddweud.

"Dau beth rydw i wedi'u caru erioed," meddai o'r diwedd. "Cerddoriaeth ... a theithio. Yn hogan fach, ro'n i'n treulio pob munud rydd yn breuddwydio am grwydro gwledydd pell gydag enwau rhyfedd. Swrania. Ynysoedd y Tywod Gwyn. Tiroedd y Rhegeniaid. Ar y cyfle cynta, mi adewais i Barthenia er mwyn gwneud hynny'n union.

"Roedd y gerddoriaeth yn hawdd. Mae unrhyw ffŵl yn medru ennill cwpwl o ddarnau copor wrth chwarae telyn mewn tafarn brysur. Ond y teithio ... roedd hynny'n fwy anodd. Dyna'r bwystfilod, wrth gwrs. Bleiddiaid a llewod a fforysiaid yn crwydro'r tir gwyllt. Ambell anghenfil ac ellyll os 'dach chi'n anlwcus iawn. Ond yn fy mhrofiad i, mae pobol yn gymaint gwaeth.

"Yn amlach na pheidio, mae'r darnau copor 'na'n cael eu dwyn yn syth ar ôl gadael y dafarn – gan griw o ladron cyhyrog, fel arfer. Cyllyll yn eu dwylo. Dannedd ar goll. Y math yna o beth. Be fedra i wneud yn erbyn ymosodiad fel'na? Mewn tref neu ddinas, mae 'na obaith y bydd rhywun yn medru fy achub. Ond yng nghanol y tir gwyllt, mae'n stori wahanol. Ddysgais i'n ddigon buan bod anturio ar ben fy hun ddim yn syniad da. Ac os oedd rhaid i fi wneud, ddechreuais i gysgu'n y dydd a theithio'n y nos, pan does neb arall o gwmpas. Hyd yn oed wedyn, does dim modd dweud be sy'n cuddio'n y tywyllwch.

"Wna i ddim rhoi darlith i ti ar sut i fyw dy fywyd, Heti. Mae dy wnïo a dy goginio di'n swnio'n braf. Wir yr. Ond mae gen ti dalent. Rwyt ti'n medru gwneud pethau alla i ond eu dychmygu. Teithio'r byd, o un pen i'r llall, heb boeni dim ... Oes gen ti unrhyw syniad be fyddwn i'n ei roi er mwyn medru gwneud hynny?"

Cerddodd Soffi i ffwrdd. Gwnaeth Heti batrymau â'i thraed yn y llwch.

Gydol ei hoes, roedd hi wedi meddwl am ei chryfder aruthrol bron fel baich ar ei hysgwyddau. Dyma'r unig beth oedd yn ei diffinio ac yn ei rhwystro rhag byw'r bywyd tawel roedd hi'n awchu amdano, wrth i bobl fynnu ei bod hi'n rhoi ei hun mewn pob math o sefyllfaoedd peryg byth a beunydd. Doedd hi erioed wedi meddwl y byddai pethau, rywsut, yn *fwy* anodd petai hi fel pawb arall ...

Daliodd Heti i fyny â'r gantores, yn dweud dim am y tro. Fesul cam, fesul modfedd, gwnaeth y ddwy eu ffordd drwy'r ddinas. Doedd dim golwg o'u ffrindiau, ac unrhyw obaith o'u darganfod yn prysur ddiflannu.

Yn y man, daethant at adeilad hir ac isel, gyda meleciwm wedi'i naddu'n golofnau trwchus ar hyd y waliau ac yn batrymau cywrain ar y drysau.

Ffion: Yr ysbrydion wedi cadw draw, felly? Oherwydd yr holl feleciwm?

Orig: Yr ysbrydion, a'r dŵr, a'r crancod ... doedd dim llawer o lefydd mwy diogel yn yr holl ddinas.

"Tybed ydi Pietro fan hyn?" synfyfyriodd Soffi. Cododd Heti'r allwedd fach werdd a'i gosod yn ofalus yn y twll clo. Trodd yr allwedd un ffordd, ac yna'r llall, yn disgwyl clic bach boddhaol wrth i'r clo agor.

Dim byd.

Rhoddodd Heti'r allwedd yn ôl o amgylch ei gwddw ac astudio'r drysau'n fanylach. Roedd degau o dolciau bychain wedi'u taro i mewn iddynt, fel petai rhywun wedi ymosod arnynt amser maith yn ôl, a gwymon a phlanhigion wedi tyfu ar eu traws, wedi tynnu'r drysau ar agor y mymryn lleiaf dros y canrifoedd.

Camodd Heti'n ôl yn ofalus. Astudiodd y drysau eto, ei llygaid yn nodi lleoliad pob un tolc, yn ffurfio darlun yn ei meddwl o ble roedd y drysau ar eu gwannaf. Rhedodd ymlaen fel tarw gwyllt, a Soffi'n neidio o'r ffordd jest mewn pryd wrth i Heti hyrddio ei hun yn erbyn y drysau, yr ergyd yn eu taflu'n lled agored.

Y tu hwnt roedd un ystafell fawr, y pen pellaf ar goll mewn tywyllwch. Mewn rhesi ar y waliau roedd arfau – cleddyfau, bwyeill, bwâu, ac ambell un doedd Heti ddim hyd yn oed yn ei adnabod. Dillad ac arfwisgoedd o haearn, lledr a brethyn. Casgenni a chistiau, a darnau aur yn tywallt ohonyn nhw.

Cododd Heti ar ei thraed.

"Falle dy fod ti'n iawn," meddai. "Mae fy nghryfder i'n medru agor drysau wedi'r cwbl."

Mentrodd y ddwy i mewn i'r stordy.

YCHYDIG O DRYSORAU'R STORDY

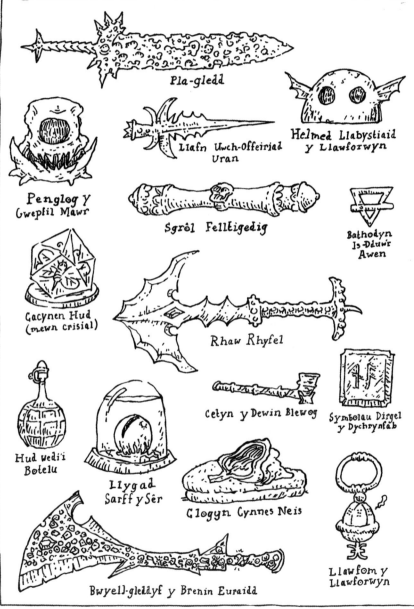

Pla-gledd

Llafn Uwch-Offeiriad Uran

Helmed Llabystiaid y Llawforwyn

Penglog y Gwepfil Mawr

Sgrôl Felltigedig

Bathodyn Is-Dduw'r Awen

Cacynen Hud (mewn crisial)

Rhaw Rhyfel

Cetyn y Dewin Blewog

Symbolau Dirgel y Dychrynfab

Hud wedi'i Botelu

Llygad Sarff y Sêr

Clogyn Cynnes Neis

Bwyell-gleddyf y Brenin Euraidd

Llawfom y Llawforwyn

FFRINDIAU MEWN LLEFYDD ANNISGWYL

Rhynnodd Sara a Nad yn y tywyllwch. Roedd Sara wedi bod yn dal Nad i fyny yn y dŵr ers ... faint? Deng munud? Awr? Mwy? Suddodd yntau'n raddol, er holl ymdrechion Sara, y dŵr oer yn chwarae o amgylch ei ên. Yna'i geg. Yna'i drwyn. Roedd pob awydd i wneud jôc wedi'i adael ers meitin.

Doedd Sara ddim yn siarad chwaith. Roedd hanner syniad wedi ffurfio yn ei meddwl. Syniad gwael, yn sicr. Syniad a fyddai, fwy na thebyg, yn claddu'r ddau yn y carchar am byth. Ond, os mai dyna oedd eu ffawd beth bynnag ...

"Nad!" sibrydodd Sara, gan ysgwyd ei ffrind. "Nad! Drycha arna i!"

Agorodd y consuriwr ei lygaid y mymryn lleiaf.

"Wyt ti'n meddwl," mentrodd Sara, ei dannedd yn clecian, "dy fod ti'n medru gwneud ... tric bach? Taflu goleuadau, er mwyn i ni weld yn well?"

"Dwi ddim yn siŵr bod posib goleuo'r tywyllwch *yma*,"

atebodd Nad, a Sara'n gorfod straenio i'r glywed. "A beth bynnag, mae 'na feleciwm o amgylch y lle 'ma ym mhobman."

"Fi'n cofio ti'n brolio dy hun wrth Heti ar y ffordd yma. *Unwaith i ni gyrraedd y crombil, fydd dim byd yn medru fy rhwystro i.* Dyna ddywedest ti. Celwydd oedd e, felly?"

Chwarddodd Nad yn hallt. Dechreuodd ysgwyd ei ben, yn dechrau protestio ... ond roedd abwyd Sara wedi gweithio. Roedd rhaid i Nad brofi ei hun.

Cododd ei law uwchben y dŵr. Estynnodd yn ddwfn i waelodion ei enaid, gan lusgo gweddillion ei hud allan. Tywynnodd cledr ei law, a daeth dryw bach glas ohono, yn troi mewn cylchoedd o amgylch ei ben i ddechrau cyn hedfan at waliau'r carchar.

Estynnodd Sara ei dwrn tuag ato. Dechreuodd yr olwynion droi ar ei breichled.

Saethodd pelen o wrth-hud allan, gan ffrwydro'r aderyn hud yn ddarnau mân. Daeth ton o sioc ar ei ôl – yn union fel yn y frwydr ar ben y tŵr gwylio – gan chwalu agoriad perffaith grwn yn wal y carchar, uwchben lefel y dŵr. Ffordd allan. Mentrodd Sara wên, a llusgo Nad tuag ato.

Hanner ffordd yno, dechreuodd y carchar ysgwyd. Ciciodd Sara ei choesau'n galetach, gan dynnu Nad yn nes at y twll yn y wal. Roedd amser yn brin. Fyddai'r carchardy ddim yn sefyll yn hir.

Crynodd y carchar eto, gan ysgwyd mwy o greigiau'n rhydd o'r wal, yr agoriad yn tyfu'n fwy. Llifodd ychydig o'r dŵr allan a thywallt dros ochr yr adeilad mewn rhaeadr. Gwthiodd Sara ei hun a Nad yn nes fyth at yr agoriad wrth i'r byd ysgwyd o'u cwmpas. Ymestynnodd ato, ei bysedd yn cau o amgylch y creigiau ar y gwaelod ...

Aeth un sioc fawr arall drwy'r carchar. Lledodd yr agoriad ymhellach fyth. Gwnaeth Sara ei gorau i ddal gafael arno wrth i don o ddŵr ruo heibio iddi.

Brwydrodd am ei hanadl, gan ysgwyd y dŵr o'i gwallt fel ci yn dod i mewn o'r glaw. Yna, gyda'i chalon yn ysgwyd bron mor ffyrnig â'r carchar, sylweddolodd fod Nad wedi diflannu.

"Nad!" bloeddiodd, gan edrych o'i chwmpas yn wyllt. Ond dim ond i un cyfeiriad y gallai'r consuriwr fod wedi mynd ...

Craffodd i waelodion y carchar, i ddyfnderoedd y pwll tywyll. Roedd y goleuadau coch yn dal i'w gweld yn glir ...

... a oedd hi'n dychmygu pethau, ynteu oedden nhw'n codi tuag ati?

Cododd Sara ei breichiau er mwyn amddiffyn ei hun wrth i ddau o'r goleuadau ffrwydro drwy wyneb y dŵr. Trodd y ddau yn ffurfiau dynol wrth i Sara rythu arnyn nhw'n syn. Roedd eu cyrff yn denau, denau, a'u dillad coch yn hongian oddi arnyn nhw. Rhyngddyn nhw roedd Nad wedi'i ddal, yn pesychu dŵr o'i ysgyfaint, heb lawer o syniad ble roedd o.

Saethodd dau arall o'r ysbrydion o'r dŵr gan afael ym mreichiau Sara. Crynodd y carchardy eto, ffrydiau ffyrnig o ddŵr yn tasgu allan, a'r waliau'n disgyn yn frawychus o gyflym gan ddymchwel y ffrâm o feleciwm o'u cwmpas.

O'r diwedd, roedd gan y meirw ffordd allan.

Teimlodd Sara ei hun yn cael ei thaflu drwy'r awyr, yn ddiogel ym mreichiau'r ysbrydion, cyn glanio o'r diwedd yng nghysgod y carchar, a Nad wrth ei hymyl.

Roedd y seiliau'n ysgwyd, a degau o oleuadau coch yn heidio o'r holltau yn y waliau, gyda chwmwl coch yn ffurfio yn yr awyr ger lefelau uchaf y carchar.

Yna, heb rybudd, ffrwydrodd y cwmwl yn ddim wrth i'r ysbrydion groesi drosodd i fyd y meirw o'r diwedd, a gadael y ddinas ymhell ar eu holau.

"Be sy'n digwydd?" mwmiodd Nad, yn agor ei lygaid.

"Ffrindiau mewn llefydd annisgwyl," atebodd Sara. "Debyg iawn mai ni oedd cyfle gorau'r ysbrydion 'na i ddianc ers iddyn nhw gael eu carcharu yma."

Ffion: Meleciwm yn cadw ysbrydion yn garcharorion am byth bythoedd. Ych. Dyna erchyll.

Orig: Roedd dilynwyr Uran yn medru gwneud pob mathau o bethau ... annaturiol.

"Pa ysbrydion?" gofynnodd Nad. "Be?"

Ysgydwodd Sara ei phen.

"Yn enw'r Olaf. Tala fwy o sylw, wnei di?"

Pwyntiodd Nad tua'r carchar, ei geg yn agor.

"Beth nawr?" meddai Sara'n ddiamynedd. Trodd i weld y carchardy'n dymchwel yn llwyr, y brics a'r creigiau'n cael eu taflu i bob cyfeiriad, y ffrâm o'i gwmpas yn cael ei rhwygo o'r tir, a gweddill y dŵr y tu mewn yn tywallt allan mewn ton, gan lyncu popeth o'i flaen.

"Rhed!" mynnodd Sara. Gwthiodd Nad o'r ffordd a brysiodd y ddau i fyny rhes o risiau cyfagos, gan syrthio ar ôl dringo'r gris olaf a gwylio mewn braw wrth i weddillion yr adeilad daro'r llawr.

Eisteddodd y ddau i fyny, wrth i gwmwl o lwch godi o weddillion y carchardy.

"Roedd hynny'n agos," meddai Nad. "Gawn ni ista fan hyn am funud? Ymlacio fymryn bach? Wedi'r cwbwl, 'dan ni newydd ddod o fewn trwch blewyn i farw ... ddwywaith."

Bron cyn i Nad orffen y frawddeg, daeth symudiad o'r pentwr o greigiau oedd wedi disgyn i mewn i'r pwll. Cyfarthodd Nad mewn braw wrth i fricsen gael ei thaflu ymhell i'r awyr. Yna un arall, ac un arall, y pentwr yn suddo'n ddyfnach i'r pwll wrth i rywbeth grafangu tua'r wyneb.

Ffrwydrodd crafanc drwy'r creigiau, a stryffaglodd cranc

anferth allan. Roedd coesau'r un yma'n llawer hirach na'r un ymosododd arnyn nhw y tu allan i'r tŵr gwylio, a'i gorff yn belen fach yn eu canol. Dilynodd dau granc arall yn syth ar ei ôl. Roedd pigau a thyfiannau miniog yn gorchuddio corff chwyddedig yr ail, tra bod y llall yn nes at gorgimwch anferth, ei gorff hir wedi'i gynnal gan res o goesau bychain.

Troediodd y tri anghenfil y tir sych yn ansicr gan faglu dros weddillion y carchardy, eu llygaid duon yn troi i astudio Sara a Nad yn ofalus.

"Rhed," meddai Sara eto, yn codi ar ei thraed.

"Ti'n dweud hynny eitha dipyn," atebodd Nad. Cododd yntau i fyny, a rhedodd y ddau nerth eu traed yn ddyfnach i mewn i'r ddinas, y bwystfilod wrth eu sodlau.

Y BRADWR

Arhosodd Mantha'n hir y tu allan i'r deml. Ddaeth dim sŵn ohoni wedi i Gorcan roi ei sgrech olaf. Oedd hi wedi llwyddo i garcharu'r Llawforwyn, tybed?

Hyd yn oed petai hynny'n wir, roedd y gwaith caled ymhell o fod drosodd. Dinistrio'r ffynnon oedd y bwriad bellach. Gyda Gorcan wedi mynd, doedd neb i'w gorchymyn fel arall ...

Clywodd sŵn traed yn dod i fyny'r grisiau. Trodd i weld mintai o filwyr yr Ymerodraeth yn ei chyrraedd, ac ambell un yn sychu gwaed oddi ar ei arfau.

Rhoddodd Mantha ei chleddyf ar ei hysgwydd er mwyn edrych yn awdurdodol.

"Gyfeillion," meddai, ei llais yn cracio'r mymryn lleiaf, "yw'r ddinas wedi'i chipio?"

Gwahanodd y milwyr yn ddwy golofn, a brasgamodd ffigwr cyfarwydd drwy'r canol yn urddasol. Croesodd y capten ei breichiau'n awdurdodol, a'r gwaed yn staenio ei harfwisg wen a'i gwallt du.

"Dydw i ddim am gychwyn cymryd gorchmynion gan was bach o'r gogledd," meddai. "Ble mae Gorcan?"

Gostyngodd Mantha ei chleddyf ac edrych ar ei thraed.

"Ym ... reit. Sut mae dweud hyn? Oes 'na ffordd ffurfiol o adrodd bod cadfridog wedi ... ym ... m—"

"Marw!?" poerodd y capten. "Gorcan? Sut?"

"Y Llawforwyn," atebodd Mantha. "Yn y deml. Mae hi'n ..."

"Ond mae'r si ar led bod y Llawforwyn wedi marw."

"Wel ... ydi a nac ydi ..."

Tynnodd y capten gleddyf o'i belt.

"Fyddwn i'n dy gynghori di i ddechrau gwneud synnwyr, 'mechan i. Yn gyflym."

Chafodd Mantha ddim cyfle i ateb. Atseiniodd llais o'r tu ôl iddi, i'w glywed drwy'r ddinas gyfan, yn cael ei chwyddo drwy rwydwaith o diwbiau sain yn rhedeg trwy waliau'r deml. Llais oedd yn swnio'n ysgafn ac yn gyfeillgar i ddechrau, yna'n groch ac yn fygythiol, cyn setlo o'r diwedd ar dôn gyfarwydd Gorcan.

Filwyr yr Ymerodraeth, meddai. *Mae bradwr wedi fy ngharcharu yn y deml. Un sydd wedi troi yn fy erbyn, ac ymuno gydag Uran. Rwy'n eich gorchymyn i ddod â'r allwedd mae hi wedi'i dwyn yn ôl yma. Mae trysor aruthrol yn cuddio heibio i'r drws, filwyr ffyddlon – y ffynnon, sydd wedi bod yn cuddio o fewn y mynydd ers cyn cof, o dan wreiddiau ei wreiddiau!*

Cymerwch yr allwedd. Agorwch y drws. Mynnwch y trysor. Lladdwch y ferch mewn gwisg felen!

A'i chalon yn suddo, gwelodd Mantha gleddyf ar ôl cleddyf yn cael eu tynnu o'i blaen, yr haearn yn fflachio yn y golau gwyrdd y tu ôl iddi.

"Glywsoch chi'r cadfridog," meddai'r capten, a throedio'n benderfynol tuag at Mantha. "Daliwch y bradwr bach celwyddog!"

"Na ..." mwmiodd Mantha, ei dwylo'n cau'n dynnach am garn ei chleddyf. "Mae Gorcan yn farw. Coeliwch fi!"

"A ninnau newydd glywed ei lais e? Pfft. Fedri di wneud yn well na hynny."

Hyrddiodd y capten ei hun ymlaen, ei chleddyf yn chwipio lai na modfedd o wyneb Mantha wrth iddi neidio o'r ffordd, yn codi ei harf hithau er mwyn cyfarfod â'r ergyd. Pefriodd chwys ar ei thalcen wrth i'r ddau daro yn erbyn ei gilydd, a haearn eu cleddyfau'n sgrechian.

Roedd y capten yn gryf, yn sicr. Yn llawer cryfach na hi. Ond dim hanner mor gyflym ...

Anelodd Mantha gic at ei phen-glin. Rhoddodd y capten floedd o boen, gan golli gafael ar ei chleddyf am yr hanner eiliad roedd Mantha ei hangen. Gyda sgrech, taflodd ei hun ymlaen gan wthio'i phen a'i hysgwydd yn erbyn ei hymosodwr. Disgynnodd y capten am yn ôl a baglu i lawr y grisiau gan daro'n lletchwith yn erbyn pob gris.

Baglodd Mantha ar ei thraed.

Blêr, meddai Pietro, *ond weithiodd o. O 'ma, Mantha! Rŵan!*

Hedfanodd Mantha i lawr y grisiau, yn osgoi mwy o filwyr yr Ymerodraeth yn hyrddio eu hunain tuag ati. Diflannodd i ganol y ddinas.

Gwibiodd heibio i gronfeydd dŵr wedi'u cerfio'n gywrain, lle'r oedd ambell granc bach yn chwarae'n ddiniwed ynddyn nhw. Gwelodd rai o'i chyd-filwyr yn sefyll mewn torf o amgylch stordy mawr yn y pellter, rhai yn curo'n galed yn erbyn y drysau mewn ymgais i'w chwalu'n ddarnau. Cuddiodd ei hwyneb wrth basio'r carchardy yng nghanol y ddinas, a rhes o drueiniaid mewn dillad coch yn cael eu hebrwng i mewn. Cysgododd yn erbyn waliau'r tŵr gwylio rhag ofn bod rhywun yn edrych amdani o'r lefelau uchaf, ac aeth i mewn i'r ddrysfa o strydoedd cul tua'r de-orllewin.

"Does dim ffordd allan," meddai Mantha o'r diwedd, yn cuddio mewn agoriad drws er mwyn dal ei gwynt. "Hyd yn oed os ydw i'n llwyddo i ddianc o'r mynydd, mae 'na fyddin gyfan yn sefyll rhyngdda i a rhyddid. Fyddan nhw i gyd yn dod ar fy ôl i wedi iddyn nhw glywed 'mod i wedi'u 'bradychu' nhw. Fi ddim yn gwbod beth i'w wneud."

Ddaeth dim ateb. Yn y pellter, cododd cri dros y ddinas

MILWYR YR YMERODRAETH

Wedi eu casglu o bob rhan o'r Ymerodraeth, ac yn ymladd dan faner wen y Pum Ymerawdwr. Eu tasg? I amddiffyn y ffiniau! I sicrhau cyfiawnder! Heddwch! Trefn! A threchu duw tra maen nhw wrthi.

Helmedau

Milwr Troed | Capten | Llu Awyr | Marchog Bwystfil

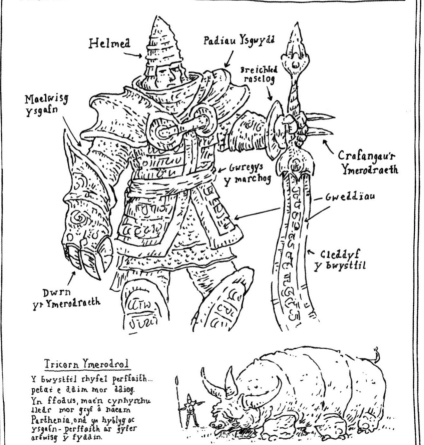

Helmed
Padiau Ysgwydd
Breichled raselog
Maelwisg Ysgafn
Crafangau'r Ymerodraeth
Gwregys y marchog
Gweddïau
Dwrn yr Ymerodraeth
Cleddyf y bwystfil

Tricorn Ymerodrol

Y bwystfil rhyfel perffaith... petai e ddim mor ddiog.
Yn ffodus, mae'n cynhyrchu lledr mor gryf â haearn Parthenia, ond yn hyblyg ac ysgafn- perffaith ar gyfer arfwisg y fyddin.

wrth i fwy a mwy o'r milwyr droi'r lle a'i ben i lawr er mwyn edrych amdani.

"Pietro? Rwy'n gofyn i ti am gymorth fan hyn."

Oedodd Pietro cyn ateb.

Ffion: Ond roedd o'n gwbod yn union lle roedd llwybr Mantha yn ei harwain, doedd? I'r siafft 'na ar ben y ddinas, lle gadawodd hi'r allwedd.

Orig: Doedd dim modd newid y dyfodol. Roedd Pietro'n deall hynny bellach. Ond roedd cyfadde'r peth yn fater cwbl wahanol. Cofia, roedd e hefyd yn gwbod nad oedd Mantha'n dianc o'r mynydd yn fyw.

Ffion: Wff. A dyna fi'n meddwl bod 'na ddim mwy i anturio na hela bwystfilod a chasglu trysor.

Mae 'na un ffordd, meddai Pietro o'r diwedd. *Cofio be ddwedodd Gorcan? Ei bod hi'n bosib boddi'r ddinas?*

"Wrth gwrs! Y lifer yn yr uchelfannau! Ti'n athrylith, Pietro!"

Neidiodd Mantha ar ei thraed.

Ond Mantha ...

"Distaw! Llai o drafod, mwy o redeg!"

Brysiodd hi drwy'r strydoedd cul, yn troedio'n ysgafn ac yn cadw at y cysgodion. Daeth o hyd i'r ffordd allan o'r ddrysfa yn rhyfeddol o gyflym, a Pietro'n mwmian yn gyson yn ei phen, yn ei llywio tua gwaelodion y clogwyni.

Rhyngddi hi a'r lifft roedd dwsin neu fwy o filwyr yr Ymerodraeth yn sefyll, eu harfau o'u blaenau.

Ac oll yn edrych i'r cyfeiriad anghywir, tua'r brif heol drwy'r ddinas.

Sleifiodd Mantha y tu ôl iddyn nhw, a'i chodi ei hun ar y lifft. Yn araf, yn dawel, dechreuodd droi'r olwyn arni er mwyn ei chodi ...

... wrth i'r capten ailymddangos, yn sglefrio o amgylch cornel yn y pellter a tharanu tuag ati. Trawodd ambell un arall o'i ffordd cyn neidio ymlaen, gan lwyddo i ddal gafael yn y lifft wrth iddi godi.

Rhoddodd Mantha'r gorau i droi'r olwyn, a daeth y lifft i stop yn grynedig wrth i rai o'r milwyr oddi tani godi bwâu, a'u saethau'n dechrau hedfan o'i chwmpas.

"Bradwr!" sgrechiodd y capten eto wrth dynnu ei hun i fyny. Caeodd ei law o amgylch ffêr Mantha, gan frwydro i'w thynnu oddi ar y lifft.

Dechreuodd Mantha gicio a sathru ar ei bysedd. Un ffordd neu'r llall, doedd y ddwy ohonyn nhw ddim yn mynd i ddianc yn fyw.

"Rwyt ti'n dilyn yr un anghywir," gwaeddodd hithau wrth gicio. Gydag un ergyd olaf, collodd y capten ei gafael ar y lifft. Disgynnodd, a glanio yng nghanol ei chyd-filwyr gyda chrensh ofnadwy.

Neidiodd Mantha'n ôl at yr olwyn a'i throi. Wrth i'r saethau ddal i hedfan, cododd y lifft unwaith eto, allan o'u cyrraedd.

Rhuodd llais drwy'r ddinas gyfan. Roedd rhaid i Mantha'i hatgoffa ei hun nad Gorcan oedd yn siarad, mor debyg yr oedd y Llawforwyn yn swnio erbyn hyn.

Peidiwch ag oedi am eiliad nes i chi ddod i hyd iddi, atseiniodd y llais. *Chwiliwch bob modfedd o'r lle. Y pridd a'r creigiau a'r ehangder tywyll. Yr hen lwybrau, a'r twneli cudd. Os na chawn ni mo'r ffynnon, chaiff neb mo'r ffynnon.*

Dyma ein mynydd. Mae'n perthyn i ni.

Oerodd gwaed Mantha wrth glywed y milwyr o fewn y mynydd yn bloeddio mewn cytundeb, a holl rym yr Ymerodraeth a'r Llawforwyn wedi uno yn ei herbyn.

YR ORNEST AR
Y GRISIAU

Rhywsut, rhywfodd, cafodd Sara a Nad eu hunain yn dringo'r grisiau anferth yn arwain at y deml.

Doedden nhw'n sicr ddim wedi anelu atyn nhw. Roedden nhw wedi bod yn gwneud eu gorau i ddianc rhag y crancod oedd ar eu holau, yn sgrialu i lawr y strydoedd culaf posibl er mwyn eu harafu, heb boeni i ba gyfeiriad y byddai hynny'n mynd â nhw. Ond er gwaetha'r cyfan, roedden nhw wedi llwyddo i gyrraedd pen eu taith.

Ffion: Efo tri o angenfilod yn rhedeg ar eu hôl nhw.

Orig: Wel ... ie. Ond chwarae teg. Wnaethon nhw'n dda iawn o dan yr amgylchiadau.

Llwyddodd y ddau i ddringo hanner y grisiau cyn i'r crancod gyrraedd y gwaelod. Ond wedi i'r bwystfilod fagu stêm, doedd dim yn medru eu rhwystro nhw. Rhedodd y creaduriaid yn gyflymach ac yn gyflymach i fyny'r grisiau, yr un â'r coesau hirion ar flaen y gad yn rhuo a tharo hen gerfluniau o'i ffordd, a'r rheini'n cwympo dros yr ochr a chwalu'n swnllyd yn erbyn strydoedd y ddinas.

Baglodd Sara a Nad dros y gris uchaf a disgyn ar lawr, gan weld drysau mawreddog y deml yn codi'n bell uwch eu pennau.

"Mor agos," meddai Nad. "Mor, mor agos."

"Ti'n rhoi'r ffidil yn y to'n barod?" gofynnodd Sara. "Defnyddia dy hud, y twmffat! Tafla dy oleuadau! Tynna eu sylw nhw, a'u harwain dros y dibyn!"

Gwthiodd Nad ei freichiau allan. Yn hytrach na'r ffrwd arferol o oleuadau, ddaeth dim o'i ddwylo ond gwreichion bach tila, yn toddi yn yr awyr bron yn syth.

Rhoddodd Nad y gorau iddi, yn brwydro am ei wynt.

"Y meleciwm," meddai'n flinedig, ei wyneb yn goch. "Y deml. Mae'n rhy agos. Alla i ddim."

Disgynnodd calon Sara wrth i synau sgrialu'r crancod agosáu ... ac yn y cefndir, sŵn arall. Sŵn sgrechian, fel anifail gwyllt.

Mentrodd Sara agor ei hamrannau i weld ffigwr mawr mewn arfwisg o haearn du a helmed adeiniog am ei ben, yn chwifio bwyell a'i phlannu yng nghoes y cranc tew â'r tyfiannau dros ei gorff. Sgrechiodd y bwystfil mewn ymateb

a throi at y ffigwr, ei grafanc yn saethu tuag ato.

Llwyddodd y ffigwr i neidio o'r ffordd a dod â'r fwyell i lawr eto, gan wahanu'r grafanc oddi wrth gorff y cranc, ei waed du yn tywallt allan. Rhuodd y cranc wrth chwifio'r hanner crafanc o'i flaen. Cymerodd y ffigwr ei gyfle. Gafaelodd yng nghoes wan yr anghenfil a'i daflu i'r awyr gyda gwaedd, a'r cranc yn llithro oddi ar y grisiau ac yn disgyn.

Wrth i'w gorff blymio dros yr ochr, trawodd crafanc y cranc yn erbyn ei elyn gan ei daro oddi ar ei draed, bwrw'r helmed oddi ar ei ben, a datgelu ...

"Heti!?" ebychodd Sara.

Bellach, roedd sylw'r ddau fwystfil arall yn llwyr ar Heti. Sgrialodd y ddau tuag ati ar unwaith, a Heti'n rowlio o dan y cimwch mawr, ei bwyell newydd yn anelu am i fyny, gan rwygo ei fol ar agor. Disgynnodd ei berfeddion allan mewn un pentwr du, ei gragen yn dymchwel ar ei ben.

Cymerodd Heti eiliad er mwyn edmygu ei gwaith – gan roi cyfle perffaith i'r un cranc oedd ar ôl. Saethodd un o'i goesau hir ymlaen a chipio'r fwyell o law Heti, gan daflu'r arf dros y dibyn.

Chwaraeodd tafod Heti o amgylch ei cheg. Gosododd ei thraed yn gadarn yn erbyn y grisiau a gafael yng nghoesau'r cranc, a'i reslo â'i dwylo noeth.

"Mae hi'n wallgo" meddai Nad. "Yn gwbwl wallgo."

"Roedden ni'n gwbod hyn yn barod," atebodd Sara.

Aeth wyneb Heti'n goch ... yna'n biws ... yna'n ddu. Dechreuodd ei choesau wegian oddi tani wrth i'r cranc ei gwthio, fesul modfedd, tua'r dibyn. Rhwygodd Heti un o grafangau'r cranc o'i gorff. Ac un arall. Ond daeth mwy i gymryd eu lle.

Doedd ei chryfder ddim yn mynd i'w hachub y tro yma. Ond falle ...

Gan ddal i afael yng nghoesau'r cranc, gadawodd Heti iddi ei hun ddisgyn dros yr ochr, gan dynnu'r bwystfil gyda hi.

Agorodd Sara a Nad eu cegau led y pen wrth weld y ddau'n diflannu, a rhedeg yn eu blaenau.

Yno, ymhell oddi tanyn nhw, roedd y trydydd cranc yn gorwedd yn farw ... a Heti'n dal gafael ar y grisiau ag un fraich. Llusgodd ei hun i fyny a disgyn i'r llawr, ei phen yn ei dwylo.

"Rhowch funud i mi," meddai. "Braf eich gweld chi, gyda llaw."

"Heti," meddai Nad, yn nodio tuag ati. "Ti'n edrych yn dda, â chysidro ... wel ... popeth."

"Hm?" atebodd Heti, a rhedeg ei bysedd dros ei harfwisg newydd. "O, hon. Ie, mae'n dipyn o welliant. Trueni am yr helmed a'r fwyell. Ond ..."

Cofiodd yn sydyn bod Styllen yn dal ar ei chefn. Tynnodd

yr hen ddarn o bren allan a'i gusanu'n addfwyn.

"Mae'n ddrwg gen i, hen ffrind," meddai. "Wna i byth dy adael di eto."

O DAN Y GRAGEN

"Lle gest ti afael ar hwn?" gofynnodd Nad, yn bodio arfwisg Heti'n amheus. "Oes 'na siop yn y lle 'ma o hyd? Roedden nhw'n falch o dy fusnes di, dwi'n siŵr ..."

Daeth llais arall, anghyfarwydd, o'r grisiau oddi tanyn nhw.

"O'r stordy mawr. Mae'r ddinas 'ma'n llawn cyfrinachau."

Roedd rhywun yn troedio'n hamddenol i fyny tuag atynt. Gwisgai wisg o goch a du, gyda'r cwfl wedi'i godi a mantell yn ymestyn y tu ôl iddi. Cododd Sara ei chyllyll a Nad ei ddyrnau, yn disgwyl brwydr arall yn syth. Ond doedd Heti ddim i'w gweld yn poeni llawer am y newydd-ddyfodiad, ac yn canolbwyntio mwy ar sibrwd geiriau tyner wrth fwytho Styllen. Rhoddodd Sara ei chyllyll i gadw unwaith eto wrth sylwi ar y delyn aur ar gefn y teithiwr.

"Soffi," meddai. "Mae gen ti lais, wedi'r cwbl."

"Oes, diolch i Orig. A chlamp o gân i'w chanu, os down ni allan o hyn. Roedden ni'n meddwl eich bod chi'n farw."

"Bron," atebodd Nad. "Lwyddon ni i ddianc rhag un o'r crancod 'ma ..."

"Welson ni. Does dim rhaid poeni am y cranc yna ddim mwy."

"... a chuddio yn y tŵr gwylio, cyn ei ddymchwel o – diolch, Sara."

"Paid cwyno, Nad! Lwyddon ni ddianc hefyd, diolch i fi."

"Dianc? Do ... os mai dyna ti'n galw plymio i mewn i garchar gwlyb yn llawn ysbrydion."

"Y carchar!" ebychodd Heti, gan bwnio Soffi yn ei hysgwydd, yn llawer rhy galed. "Ro'n i'n *gwybod* ein bod ni heb fod ym mhob rhan o'r ddinas!"

"Mae'r carchar yn bentwr o rwbel bellach hefyd," meddai Nad. "Pwy 'sa'n meddwl y bysa rhywun mor fach yn medru dymchwel hanner y ddinas 'ma? Mae gen ti dalent, Sara."

"Mae'n rhaid mai dyna'r sŵn glywson ni o'r stordy," meddai Soffi, yn arddangos ei dillad newydd yn falch. "Y carchar yn dymchwel. Daeth hynny â'n siopa i ben yn gynnar. Siom, 'fyd. Roedd gen i fy llygad ar hen gitâr yng nghefn y stordy fysa 'di gwneud ffortiwn i mi ym marchnad yr Uchelgaer."

"A *wedyn*," meddai Nad yn llawn cyffro, "daeth tri arall o'r crancod i'r golwg o nunlla, ond doedd gennyn nhw ddim cyfla yn erbyn Heti!"

"Does dim rhaid i ti adrodd y rhan yna o'r stori," meddai Sara. "Roedden ni i gyd yno."

"Gafodd hi wared arnyn nhw fel 'tasa hi'n rhoi swadan i bry! Un! Dau! Tri!"

"Nad!"

"Mae'n ddrwg gen i ... dwi jest yn falch bod pawb efo'i gilydd eto, dyna'r oll."

"Dyw *pawb* ddim yma," meddai Heti. "Does dim golwg o ..."

"Pietro!" bloeddiodd Sara, a phwyntio uwchben drysau'r deml.

Yno, yn arnofio yng nghanol yr awyr, roedd Pietro. Roedd ei freichiau wedi'u croesi o'i flaen, ei lygaid ar agor, a golau melyn yn eu llenwi.

"Mae o 'di edrych yn well," meddai Nad. "Sut yn y byd cawn ni o i lawr?"

"Mae rhywun ymhell o dy flaen di," meddai Soffi, ac ystumio tua'r deml. Roedd Sara eisoes yn dringo, wyneb-yn-wyneb â'r angenfilod a'r ellyllon brawychus oedd yn britho'r waliau. Dringodd yn rhyfeddol o gyflym, gan ei thaflu ei hun i fyny fel epa. Cyrhaeddodd yr un lefel â Pietro o fewn eiliadau. Anadlodd yn ddwfn a thawelu ei meddwl cyn gwthio ei hun oddi ar y wal, hedfan drwy'r awyr a lapio ei hun o amgylch coesau Pietro.

Ar ôl i'r ddau hofran yno'n llonydd am eiliad, a Sara'n edrych o'i chwmpas mewn penbleth, llaciodd breichiau Pietro. Disgynnodd y ddau, a phlymio tua'r llawr yn frawychus o gyflym.

Neidiodd Heti ymlaen, yn dal Pietro ag un fraich wrth i Sara lanio ar ei phen, a'r tri'n disgyn yn swp ar lawr.

Cododd Sara ar ei thraed a brwsio llwch oddi arni ei hun.

"Ro'n i'n gwbod y byddai hynny'n gweithio," meddai.

Ysgydwodd Heti'r mynach ifanc yn ei breichiau, a gweiddi ei enw drosodd a throsodd. Doedd dim yn tycio. Symudodd Pietro ddim modfedd. Dim ond parhau i syllu, y golau melyn yn llenwi ei lygaid.

Yna nofiodd sŵn tuag atyn nhw o waelod y grisiau, ond nid oedd yn sŵn roedd yr un ohonyn nhw wedi'i glywed o'r blaen. Hanner ffordd rhwng rhu a sgrech, yn codi ac yn gostwng ac yn codi eto, yn llawn malais a phoen a dicter a dial yn brwydro gyda'i gilydd ar unwaith.

Cododd Heti, a Soffi wrth ei hymyl, a chamu at ben y grisiau.

Ar y gwaelod roedd siâp mawr du, a golau gwyrdd yr ogof yn disgleirio oddi arno. Roedd ei gorff cyfan yn codi a gostwng, a rhannau ohono'n llifo dros y gweddill fel petai wedi'i wneud o nadroedd. Herciodd i fyny'r grisiau cynta ar wyth o goesau, yn gadael diferion bach duon, gludiog ar ei ôl ... cyn newid ei feddwl a throi tuag at y ddau granc oedd wedi disgyn oddi ar y grisiau.

Wrth i Heti, Soffi, Sara a Nad wylio o'r uchelfannau, yr ofn yn eu rhewi yn eu hunfan, dechreuodd y peth du sugno'r ddau granc arall i fyny, eu cyrff yn uno â'i ffurf yntau, gan ei wneud yn fwy anferth fyth. Cymerodd gragen bigog y cranc mawr tew a'i sodro ar ei gefn, cyn cychwyn am y grisiau unwaith eto.

"Be ydi'r peth 'na?" gofynnodd Soffi.

"Y cranc," atebodd Heti'n hyderus. "Yr un o'r iard yng nghanol y ddinas. Ti'n gweld sut mae'n hercio? 'Sa i'n credu ei fod e cweit wedi maddau i mi ..."

Ffion: Ffiaidd. Hollol ffiaidd. Felly roedd y pethau 'ma'n grancod bach del yn oes Mantha a Gorcan ... be ddigwyddodd iddyn nhw?

Orig: Yr un peth oedd wedi effeithio ar ysbrydion y mynydd, dros fil a hanner o flynyddoedd. Mae waliau'r deml 'na'n drwchus ... ond ddim yn ddigon trwchus i leddfu holl bŵer y ffynnon, gwaetha'r modd.

Ffion: Diolch byth doedd 'na ddim creaduriaid mwy ffyrnig yn yr ogof 'ma.

Orig: Wel, wyddwn ni ddim i sicrwydd beth sy'n cuddio yn y dyfnderoedd. Oes gen ti awydd mynd am dro yno? I'r carthffosydd? Gyda gwialen bysgota, falle ...

Ffion: *Na. Dim diolch. Ymlaen â ti.*

Edrychodd y creadur i fyny a rhoi un sgrech fer wrth weld Heti. Toddodd hanner ei goesau'n ddim, a daeth pedair allan i gymryd eu lle. Gwibiodd tuag at y pump ar ben y grisiau. Baglodd y criw am yn ôl, ac ymbalfalodd Heti yn ei phoced am yr allwedd werdd.

"Am y deml," meddai. "Brysiwch!"

Wrth i Heti frysio tua'r drysau a gwthio'r allwedd yn y twll clo, llwyddodd y tri arall i godi Pietro a'i lusgo tua'r deml. Oedodd y cranc-fwystfil, cyn agor cragen y cimwch mawr a'i osod ar ei gefn, a gwthio dwy o goesau hirion y creadur arall o flaen ei goesau bychain ei hun. Roedd bellach yn gyfuniad o bedwar o angenfilod gwahanol. Yn rhywbeth cwbl newydd, ei ffurf ddi-siâp yn codi'n uchel, a chymysgedd o gregyn yn glynu wrtho'n annaturiol. Chwifiodd ei goesau newydd o'i flaen, yn gwneud ei siŵr eu bod yn gweithio, cyn rhedeg ymlaen yn gyflymach fyth, a chyrraedd pen y grisiau wrth i Heti agor y drysau o'r diwedd.

Disgynnodd pawb i mewn i'r deml a baglu ar eu traed cyn gwthio'r drysau ynghau, y cranc-fwystfil bellach wedi cyrraedd pen y grisiau ac yn taranu tuag atyn nhw.

Caeodd y drysau ar yr eiliad olaf gan dorri un o dentaclau'r anghenfil yn ei hanner, a hwnnw'n dawnsio ac yn gwingo ar lawr y deml.

"Yr allwedd!" bloeddiodd Sara. "Heti! Mae angen cloi'r drysau 'ma!"

Gwelwodd Heti.

"Mae hi'n dal yn nhwll y clo ... ar ochr arall y drws."

Rhoddodd y pedwar eu holl bwysau yn erbyn y drysau wrth i'r cranc-fwystfil daflu ei hun yn eu herbyn, yn gwneud ei orau glas i'w chwalu'n ddarnau. Edrychodd Nad at Sara.

"Wedi'n cloi i mewn," meddai, "yn cael ein hela gan granc mawr. Ydi hyn yn teimlo'n gyfarwydd i ti?"

Llwyddodd Sara i wenu er gwaetha'r cyfan.

Y DILYW

Rhoddodd Mantha'r gorau i droi'r olwyn, y lifft yn cyrraedd uchelfannau'r ddinas wrth i'r mecanwaith wichian a distewi. Sychodd hithau'r chwys o'i thalcen a chraffu er mwyn medru gweld drwy'r niwl gwyrdd o amgylch y pileri o feleciwm.

"Mae 'na deimlad annifyr fan hyn," meddai. "Dim rhyfedd bod neb ar gyfyl y lle."

Roedd Pietro wedi aros yn dawel ar y daith i fyny, yn gwbod yn iawn beth oedd yn dod. Doedd dim modd i Mantha oroesi hyn.

"Pietro?"

Hm? O. Ia. Teimlad annifyr. Oes. Oes, dwi'n cytuno 'fo chdi.

Camodd Mantha oddi ar y lifft.

Aros eiliad! Mae 'na rwbath sydd angen ei wneud gynta. Ti'n gorfod cymryd dy gleddyf a chrafu neges yn llawr y lifft.

"Pardwn?"

Mae popeth yn dibynnu ar hynny. Coelia fi.

"Ni mewn trafferth felly. 'Sa i'n medru sgrifennu."

Oedodd Pietro cyn ateb.

Dwi'n medru gwneud. Os wnei di adael i mi gymryd drosodd ... jest am funud ...

Ochneidiodd Mantha.

"Os yw e wir yn bwysig i ti ... iawn. Ond fi ddim yn hapus am y p—"

Gwthiodd Pietro ei hun ymlaen, gan deimlo ymwybyddiaeth Mantha yn ei amgylchynu. Roedd e'n medru ei chlywed yng nghefn ei feddwl, a synhwyro ei hatgofion yn gwibio drwyddo, pob un yn brwydro am ei sylw. Gwelodd Mantha ifanc yn rhedeg ac yn chwarae yng nghanol tiroedd diffaith ei chartref. Yn gorymdeithio mewn rhes o filwyr ar y daith hir at Goedwig y Canhwyllau. Yn ymarfer yno gydag Erman, ac yn ymuno â byddin Gorcan. Aeth ei holl fywyd heibio mewn chwinciad, gan adael Pietro yn fyr ei anadl.

Agorodd a chaeodd ei lygaid – neu lygaid Mantha, yn hytrach – a symud ei bysedd hi er mwyn cofio sut yr oedd gwneud. Tynnodd ei chleddyf allan a chrafu yn llawr y lifft.

NAD! I LAWR! RŴAN!

Ffion: Mae fy ymennydd yn brifo ...
Orig: Debyg iawn. Mae teithio trwy amser yn fusnes cymhleth.

Ciliodd Pietro, gydag ymwybyddiaeth Mantha yn llenwi

ei feddwl unwaith eto. Anadlodd hithau'n drwm wrth i'r lifft hercian yn ôl i lawr yn araf, y milwyr ymhell oddi tanyn nhw'n cymryd troeon i dynnu ar y cadwyni.

"Y lifft! Fydd y milwyr ar ein holau ni!"

Pob lwc iddyn nhw. Mae gen i deimlad y bydd hyn i gyd drosodd erbyn i'r lifft gyrraedd y gwaelod ...

Gwingodd Mantha.

"Beth oedd ystyr y neges 'na ta beth?"

Y neges? Mae'n golygu ... mae'n golygu bod 'na wastad obaith, Mantha. Dim ots pa mor dywyll mae pethau'n edrych.

Mentrodd Mantha i mewn i'r niwl coch.

"Drysfa arall. Roedden nhw wir angen cynllunio'r ddinas 'ma'n well."

Ond mae 'na ffordd drwadd, meddai Pietro. *Lle mae'r niwl ar ei deneuaf. Taswn i'n chdi, fyswn i'n marcio'r llawr ar dy ôl di. Rhag ofn i ...*

"Iawn, iawn," ochneidiodd Mantha. "Fi wedi rhoi'r gorau i ddisgwyl esboniadau gen ti ..."

Llusgodd ei chleddyf yn y llawr y tu ôl iddi, yn torri saethau yn y baw wrth gamu'n ofalus rhwng y pileri.

Cyrhaeddodd agoriad yn y wal yn y pen pellaf, a gweld dau bostyn pren garw yn dal y to i fyny, a llwybr cul yn diflannu i'r tywyllwch y tu hwnt.

"Mae'r twnnel yn hen," meddai Mantha. "Ddywedodd

Gorcan mai cloddfa oedd y lle 'ma erstalwm ..."

Mentrodd i mewn, gan anelu cic nerthol yn erbyn un o'r pyst wrth basio, a hwnnw'n crynu wrth iddi wneud. Tynnodd ei chleddyf allan a thorri'r postyn yn ddau, cyn rhuthro o'r ffordd wrth i'r nenfwd ddymchwel y tu ôl iddi.

Mantha, protestiodd Pietro'n wan. Ond doedd hithau ddim mewn unrhyw hwyl i wrando.

"Yn enw'r Olaf, Pietro. Rwy'n gwbod 'mod i ddim yn dianc yn fyw. Gei di roi'r gorau i osgoi sôn am y peth. Milwr ydw i. Fi'n gwbod yn iawn beth mae disgwyl i filwyr wneud. A falle bod ti'n iawn. Falle bod Uran wedi'i drechu, a'r rhyfel drosodd. Ond dyw'r frwydr *yma* ddim ar ben. Mae'r ffynnon yn dal i fod yn un darn, ac ym meddiant y Llawforwyn."

Byseddodd hi'r allwedd o amgylch ei gwddw.

"Os yw'r fyddin – ei byddin hi, bellach – yn cael gafael ar yr allwedd, mae'r cyfan ar ben. Ddyle hi fod yn ddiogel fan hyn ... nes i rywun ddod i'w mofyn hi."

Mae gen i deimlad y bydd rhywun yn gwneud. Ryw ddydd.

Gwenodd Mantha'n drist yn y tywyllwch ac estyn fflint o becyn ar ei belt.

"Paid â 'nghadw i'n disgwyl yn rhy hir, Pietro."

Daeth hi o hyd i ffagl ar y mur, a'i goleuo. Mentrodd yn ei blaen, y twnnel yn dringo'n raddol cyn disgyn i mewn i siafft gul yn arwain yn syth i lawr.

"Diwedd y daith," meddai.

Gosododd ei ffagl ar fachyn ar y wal a chychwyn i lawr y siafft, yn dringo'r waliau'n ofalus. Glaniodd ar y gwaelod, lle roedd lifer o feleciwm ar y wal o'i blaen yn goleuo'r dyfnderoedd fymryn bach, a golau'r ffagl yn neidio'n ysgafn ymhell uwch ei phen.

Daliodd Mantha i syllu ar y lifer, yn gwneud ei gorau i fagu'r cryfder i'w dynnu.

"Fydd 'na ddim byd ar ôl ohona i, mae'n siŵr." Byseddodd yr allwedd gan astudio'r siafft yn union o'i chwmpas. Gwthiodd yn erbyn un o'r brics yn y wal, gan ei thynnu'n rhydd a chuddio'r allwedd y tu ôl iddi. "Ond mae gen i deimlad y bydd rhywun angen hon – rhyw ddydd."

Rhoddodd y fricsen yn ôl. Cododd ei chleddyf am un tro olaf.

"Pietro?"

Gwthiodd Pietro ei ymwybyddiaeth ymlaen eto, gan lenwi meddwl Mantha am yr ail waith. Yn ofalus, naddodd eiriau i mewn i'r graig.

CYMERA HWN!

Ciliodd o'r ffordd, a Mantha'n cymryd rheolaeth unwaith eto.

"Mae'n rhaid i mi wneud hyn," mwmiodd hithau, yn siarad â hi ei hun yn hytrach na Pietro. "Boddi'r mynydd.

Boddi pob un milwr o fewn y lle 'ma. Ond nid milwyr yr Ymerodraeth ydyn nhw bellach. Maen nhw'n perthyn i'r Llawforwyn nawr."

Anadlodd yn ddwfn.

"Boddi'r mynydd ... neu adael i'r Llawforwyn gymryd y ffynnon, a lledu dros y byd fel pla. Fawr o ddewis."

Agorodd ei bysedd, ei chleddyf yn syrthio i'r llawr.

"A beth bynnag ... does dim osgoi'r peth. Nac oes, Pietro?"

Roedd meddwl Pietro'n chwyrlïo. Roedd cymaint o bethau roedd e eisiau eu dweud. Cymaint o bethau, a chyn lleied o amser.

Mantha ...

Tynnodd hithau'r lifer. Clywodd sŵn creigiau'n crafu yn erbyn ei gilydd uwch ei phen wrth i res o fariau haearn gau ar draws rhan uchaf y siafft. Clywodd ddŵr yn llifo rywle yn y pellter. Teimlodd awel yn erbyn ei choesau wrth i hollt agor yn y graig oddi tani.

"Siarada 'da fi, Pietro."

Siarad efo ti?

"Dyweda rywbeth. Amdanat ti, dy ffrindie, dy deulu, dy gartre ... unrhyw beth i dynnu fy sylw oddi wrth ... hyn."

Ti'n trio cau fy ngheg i fel arfer ...

Diferodd dŵr i lawr y siafft – yn araf i ddechrau, ac yna'n gyflymach ac yn ffyrnicach.

"Pietro!"

Roedd ganddo ddwsinau o straeon. Cannoedd. Straeon o bob cyfnod hanesyddol, ac o bob cornel o'r byd. Ond ar hyn o bryd, doedd dim ohonyn nhw'n dod i'r meddwl ...

... heblaw am un. Stori trechu'r Horwth, a sefydlu'r pentre ar y Copa Coch.

Fe gychwynnodd y cyfan, meddai Pietro, mor bwyllog ag y medrai, *flynyddoedd maith o rŵan. Filltiroedd maith i'r de. Mewn tre o'r enw Porth y Seirff.*

Daliodd i siarad wrth i'r dŵr godi o amgylch Mantha a llifo heibio ei thraed, wrth i'r llynnoedd ar y mynydd wagio i mewn i gant a mil o dwneli cudd o dan yr wyneb, gydag afonydd a rhaeadrau newydd yn tasgu i mewn i'r ddinas. Daliodd i siarad wrth i'r adeiladau gael eu llyncu gan y môr tanddaearol, wrth i filwyr yr Ymerodraeth redeg ar hyd y strydoedd, y Llawforwyn yn cyfarth gorchmynion iddyn nhw hyd yn oed wrth i'r dyfroedd gorddi o'u cwmpas fel rhywbeth byw. Wrth i guriad calon Mantha arafu ... arafu ...

Aeth popeth yn ddu, a'r mynydd yn dawel.

Y DEML YN DEFFRO

Daeth ergyd arall yn erbyn drysau'r deml. Cafodd Sara, Nad a Soffi eu taflu i'r llawr, gan lanio wrth ymyl corff Pietro, ei lygaid yn dal i ddisgleirio'n felyn. Heti'n unig oedd ar ôl i ddal y drws yn erbyn y cranc-greadur.

"Fedra i ddim gwneud hyn am byth!" bloeddiodd hithau.

Cododd Sara, yn chwilota o'i chwmpas yn y deml am rywbeth – *unrhyw* beth – er mwyn rhwystro'r anghenfil rhag dinistrio'r drysau. Ond roedd yr ystafell enfawr yn wag heblaw am bump o golofnau. A rhyngddyn nhw ...

"Nad," meddai Sara, yn gwyro ei phen tuag at ddisg o egni pur yn sefyll yng nghanol y deml, a hud yn cael ei boeri ohoni'n ysgafn o bryd i'w gilydd. "Ai dyna ...?"

"Y ffynnon," atebodd Nad. "Gobeithio wir. Sgen i'm mynadd mentro'n ôl i'r ddinas 'na er mwyn chwilio amdani."

Sylwodd y ddau, am y tro cyntaf, fod gwreiddiau duon yn gorchuddio'r deml, wedi lapio o amgylch y colofnau, yn rhedeg ar hyd y llawr, yn dringo i fyny'r waliau, a rhai ohonyn nhw hyd yn oed wedi llwyddo i dyllu i mewn i'r meleciwm. Wedi gwthio drwy'r metel dros ganrifoedd maith.

Roedd hyn yn arbennig o wir ger y drysau, fel petai'r planhigion yn gwneud eu gorau i'w rhwygo ar agor ...

Ymestynnai'r holl wreiddiau o dyfiant mawr du, yn hongian yn fygythiol uwchben y ffynnon ei hun, wedi ei gynnal gan bump o wreiddiau trwchus yn tyfu o'r colofnau. Edrychai fel ploryn erchyll, yn curo'n araf ac yn ysgafn fel calon.

Chwalodd y drysau'n ddarnau y tu ôl i Sara gan lorio'r criw o anturiaethwyr. Gwelodd Heti yn hedfan heibio iddi a glanio'n galed, yn llithro ac yn rowlio ar hyd y llawr cyn neidio ar ei thraed yn syth a gafael yn Styllen. Rhedodd at y cranc-fwystfil yn y drws, gan ddawnsio dros y rwbel ar lawr ac osgoi sathru ar ei ffrindiau. Llamodd i'r awyr a chodi Styllen uwch ei phen, gan orfodi'r bwystfil i gilio'n ôl.

Diflannodd y ddau o'r golwg, a Heti'n gwthio'r anghenfil tua'r grisiau. Rowliodd Nad ar ei draed a thynnu Sara i fyny.

"Mae hi un ai'n ddewrach nag unrhyw un arall," meddai Nad, "neu'n fwy gwallgo."

"Neu'r ddau," atebodd Sara. "Ond mae'r cranc yn un peth. Beth yw'r holl blanhigion 'ma?"

Mentrodd Sara yn ddyfnach i'r deml, ei llygaid yn soseri.

Calon y Copa Coch

Y tu ôl iddi, cododd Soffi ei thelyn o'r llawr. Roedd wedi'i malurio gan ffrwydrad y drysau, yr aur yn dolciau, a sawl un o'r tannau wedi torri. Teimlodd lwmp yn ei gwddw, ac roedd rhaid iddi frwydro er mwyn rhwystro ei hun rhag llefain.

Edrychodd Sara i fyny. Ymhell uwch ei phen, yn cael ei ddal yn dynn gan ddau dendril du yn ymestyn o'r colofnau, roedd ffigwr bach gwyn. Edrychai fel un o ysbrydion y mynydd, ond bod un o'i freichiau ar goll – ac yn hytrach na'r bygythiadau oedd yn llifo'n ddiddiwedd o'u cegau nhw, doedd yr un yma'n gwneud dim byd ond nadu ac udo, ei lais yn llawn ofn a phoen ac anobaith.

"Sara?" mentrodd Nad y tu ôl iddi, yn ystumio tua'r tyfiant du uwchben y ffynnon. "Nid 'mod i isio ychwanegu at ein rhestr o broblema, ond ..."

Clywodd sŵn yn dod ohono, sŵn chwerthin croch, yn dawel i ddechrau ac yna'n codi'n raddol, yn chwyddo gan lenwi'r deml gyfan.

Dechreuodd y tyfiant gracio ar agor, a hollt yn torri ar ei hyd, ac un arall o'r chwyn yn gwthio allan – yn fwy trwchus na'r gweddill, a phethau nid yn annhebyg i fysedd yn tyfu ar y pen. O'i gwmpas roedd cwmwl o sborau coch yn lledaenu drwy'r deml ar wyntoedd arallfydol.

Ffion: *Dwi* ddim *isio gwbod be sy'n mynd i ddod allan o'r* peth 'na.

Orig: *Na. Dwyt ti ddim.*

Yng nghanol yr holl chwerthin gwyllt, dechreuodd y peth floeddio un gair drosodd a throsodd, y sŵn yn gyrru ias drwy Sara a Nad.

Rhydd! Rhydd, rhydd, rhydd!

Estynnodd y fraich hir ddu i gyferiad gweddillion y drysau, yn synhwyro bod ffordd allan o'r deml ac i'r byd y tu hwnt am y tro cyntaf ers ymhell cyn cof ...

"Be *ydi'r* peth 'na?" poerodd Nad o'r diwedd, yn gafael ym mraich Sara a gwneud ei orau i'w llusgo o'r deml.

Cyn iddyn nhw gael cyfle i ddianc, daeth llais bach o'r llawr wrth eu traed. Edrychodd y ddau'n syn wrth weld Pietro yn codi ar ei eistedd, y golau melyn yn pylu o'i lygaid a'r llwyd cyfarwydd yn llifo'n ôl.

"Dyna'r Llawforwyn," meddai'n dawel, rhwng anadlu'n drwm. "Un o'r bobol – neu fwystfilod, bellach – mwya peryglus i grwydro'r byd 'ma erioed. Nid ei bod hi wedi gwneud llawer o grwydro'n ddiweddar, ar ôl cael ei charcharu yma byth ers rhyfel y duwiau."

"Pietro!" ebychodd Nad. Tynnodd y mynach ar ei draed gyda chymorth Soffi.

"Doedd y lle 'ma ddim yn llawn chwyn bryd hynny chwaith," aeth Pietro ymlaen. "Mae hi wedi gwneud ei hun yn gartrefol iawn. Ei thiriogaeth hi ydi'r deml bellach."

Edrychodd i fyny, yn craffu at y ffigwr mewn gwyn yn cael ei ddal rhwng y colofnau.

"A'r peth bach truenus 'na uwch ein pennau ni? Dyna ysbryd Gorcan Lawgoch, un o arwyr mawr hanes ... os ydych chi'n ddigon gwirion i goelio'r straeon a'r caneuon. Alla i ddim dechra dychmygu'r artaith mae o wedi'i diodde dros y blynyddoedd."

Ar hynny, rhedodd Heti am yn ôl i mewn i'r deml, yn dal i frwydro'r â'r cranc-fwystfil wrth gamu dros yr holl wreiddiau dros y llawr.

"Shw'mae, Pietro?" bloeddiodd hithau, yn mentro cip dros ei hysgwydd. "Diolch am ymuno â ni."

AWR Y LLAWFORWYN

Ciciodd y cranc-fwystfil ag un o'i goesau, gan fwrw Heti i'r awyr. Glaniodd yn galed, yr anadl yn cael ei tharo o'i chorff, ond llwyddodd i godi ar ei thraed yn syth.

Rhedodd Sara tuag ati, ond cafodd ei thaflu o'r neilltu gan Heti.

"Na," meddai'r ddynes fawr. "Mae hyn rhwng fi a ... beth bynnag yw'r peth 'ma."

Daliodd y ddau i ymladd, a'r anghenfil yn gadael pyllau duon dros y deml. Trodd Nad at Pietro.

"Gei di esbonio'r cyfan," meddai Nad, "ar ôl i ni ei heglu hi o 'ma."

"Os ydi'r Llawforwyn yn dianc," meddai Pietro'n gadarn, "y peth cynta wneith hi ydi gadael y lle 'ma fel corwynt – gan chwalu'n pentre ni'n rhacs wrth fynd – cyn troi ei sylw at ei gwir elyn. Yr Ymerodraeth. Allwn ni *ddim* gadael i hynny ddigwydd."

"Beth bynnag ti'n bwriadu ei wneud," meddai Sara, yn

Meistres y Deml

brasgamu'n ôl tuag atyn nhw, "gwna fe nawr."

"Mae'r Llawforwyn wedi bod yn y cocŵn 'na am fil a hanner o flynyddoedd," atebodd Pietro'n ansicr. "Bosib y bydd hi'n cymryd sbel iddi ddeffro ... gan roi amser i ni feddwl am gynllun."

"*Meddwl* am gynllun? Sgen ti ddim un?"

"Dim math o syniad, Sara. Dwi 'di bod yn brysur."

Rhythodd Sara a Nad mewn braw uwchben y ffynnon. Roedd Pietro'n iawn, a'r Llawforwyn ymhell o fod wedi gorffen ei thrawsnewidiad. Ond mewn cwmwl o sborau, roedd darn newydd o'i chorff yn gwthio o'r cocŵn – pen mawr du, llygaid yn llosgi'n goch, ceg fel ffwrnais, llysnafedd yn ffrydio i bobman fel afonydd tew.

Trodd wyneb Nad yn wyrdd – ac nid oherwydd y meleciwm o'i gwmpas. Gwnaeth ei orau i wthio teimlad cyfoglyd yn ôl i waelodion ei stumog.

Daeth llais dwfn allan – llais Gorcan – yn gweiddi gorchymyn dros y ddinas gyfan.

Filwyr yr Ymerodraeth, mae'r deml ar agor! Dewch yma ar unwaith a hawlio ei thrysor – y ffynnon! Mae o fewn eich gafael o'r diwedd! Dyma ein mynydd!

Daeth yr ateb yn syth, yn codi o bob cornel o'r ddinas wrth i'r ysbrydion ddechrau heidio tua'r deml.

Mae'n perthyn i ni.

"Dyna'n brysio ni wedi'r cyfan," cwynodd Pietro. "Fydden nhw yma cyn pen dim, efo'r drysau 'di rhwygo o 'na. Does 'na'm gwyrdd-y-gwyll i'w rhwystro nhw bellach."

"Gwyrdd-y-beth?" ebychodd Sara.

"Meleciwm."

"Pam wnest ti ddim *dweud* hynny?"

Edrychodd Pietro o'i gwmpas yn wyllt wrth i Heti a'r cranc-fwystfil barhau i ymladd, ac wrth i'r Llawforwyn ddal i wthio o'r cocŵn, a Gorcan yn gwingo mewn poen uwch eu pennau.

"Mae'r Llawforwyn wedi bod yn defnyddio llais Gorcan byth ers cael ei chloi yma. Ond mae'n fwy o beth na hynny ... neu fe fyddai'r ysbrydion wedi gadael y mynydd ganrifoedd yn ôl. Mae gan y Llawforwyn ryw afael drostyn nhw. Does gen i ddim syniad sut mae torri'r swyn. Fydd rhaid i rywun eu dal yn ôl ..."

"Deall yn iawn," meddai Sara, gan neidio ar ei thraed a rhuthro at y drysau, yn byseddu ei breichled ...

"Be amdana i?" gofynnodd Nad. "Ista'n y gornel yn dawel, allan o'r ffordd?"

Cododd Pietro ei ysgwyddau.

"Rwbath fel'na."

Sylweddolodd Pietro am y tro cynta fod Soffi'n sefyll wrth ei ymyl. Gwnaeth ymdrech i wenu.

"Soffi o Theresos," meddai. "Wna i ddim gofyn pam dy fod ti yma ac yn gwisgo dillad un o ddilynwyr Uran. Dyna ddarn o hanes!"

Gwnaeth Soffi wyneb sur.

"Arhosa efo Nad a finna," aeth Pietro ymlaen. "Wnawn ni dy amddiffyn di. Gobeithio."

Cyn i Soffi fedru ymateb, daeth sŵn gweiddi o'r ddinas y tu allan i'r deml. Roedd ysbrydion y milwyr wedi cyrraedd.

Pob un ohonyn nhw.

Gwibiodd Sara tua gweddillion y drysau. Neidiodd i'r awyr, y nodwyddau ar ei breichled yn gwthio'n ddyfnach i'w chroen. Glaniodd gan ddod â'i dwylo ynghyd, a chwmwl o niwl gwyrdd yn llifo ohoni a thros weddillion y drysau, yn blocio'r mynediad i'r deml yn llwyr.

Cafodd un neu ddau o'r ysbrydion yn y rheng flaen eu llosgi'n ulw gan y rhwystr o wrth-hud, gan ddod â gorymdaith y gweddill i ben. Safodd y fyddin y tu allan i'r deml, yn gweiddi bygythiadau a melltithion i gyfeiriad Sara.

Ffion: Ydi Sara newydd wynebu byddin o ysbrydion ... ar ei phen ei hun?

Orig: A hithau'n ferch bymtheg oed o Goed y Seirff. Ddim yn ffôl.

Yn nyfnderoedd y deml, hyrddiodd y cranc-fwystfil ei hun tuag at Heti, yn bwriadu lapio ei grafangau duon o'i hamgylch ... ond baglodd Heti ar y funud olaf. Hwyliodd y bwystfil uwch ei phen a chwalu yn erbyn un o'r colofnau.

Dechreuodd darnau o feleciwm lawio o'r nenfwd. Ysgydwodd y deml wrth i grac mawr ymestyn ar draws y golofn.

Rhythodd Pietro tua'r colofnau. Roedd y sgaffaldiau a fu o'u cwmpas yn ystod Brwydr y Copa Coch bellach wedi pydru'n ddim, gan olygu bod y colofnau'n wan ...

Roedd Heti ar ei thraed yn barod ac yn reslo â'r cranc-fwystfil, ei dwy fraich hi'n gwneud yn rhyfeddol o dda yn erbyn holl grafangau ei gwrthwynebydd. Roedd yr anghenfil wedi'i chornelu yn erbyn un o'r colofnau, ei ergydion yn chwalu yn ei herbyn gan yrru mwy o ysgydwadau drwy'r deml.

"Heti!" bloeddiodd Pietro. "Os ydi'r colofnau 'na'n disgyn, fydd yr holl le'n syrthio ar ein pennau ni! Cadwa'r peth 'na'n ddigon pell ohonyn nhw!"

Gydag ymdrech aruthrol, gwingodd Heti o afael y cranc-fwystfil. Gafaelodd yn ei ochr, ei bysedd yn suddo'n ddwfn i'w gnawd a glynu yno, fel petai'n eu gwthio i ganol pwll o fwd. Chwyrlïodd y creadur yn wyllt, yn gwneud ei orau i ysgwyd Heti i ffwrdd. Ond daliodd hithau i ddringo, gan ddefnyddio'r cregyn oedd wedi glynu i'r anghenfil er mwyn cyrraedd y peth tebycaf oedd ganddo at ben.

Gwnaeth ei gorau i lywio'r creadur ag un llaw, gan ddod â Styllen i lawr yn galed â'r llaw arall, eto ac eto, yn cadw'r bwystfil draw o'r ffynnon, y colofnau, a chocŵn y Llawforwyn wrth i fwy a mwy o chwyn duon wthio ohono.

Doedd y bwystfil ddim fel petai eisiau ufuddhau. Mentrodd ychydig yn rhy agos at y cocŵn. Gafaelodd un o freichiau'r Llawforwyn yn Heti, gan fygwth ei rhwygo oddi ar y cranc-fwystfil cyn gwasgu'r gwynt allan ohoni. Ond daeth Sara i'r adwy. Saethodd belen o wrth-hud o'i breichled yn syth at y fraich, yn ei gwahanu o gorff y Llawforwyn wrth i Heti farchogaeth yn ei blaen yn ddianaf.

Daliodd Sara i anelu ei dwrn at y cocŵn, y sborau'n chwyrlïo o'i chwmpas, a mecanwaith ei breichled yn troi eto.

"Os ti moyn Heti," meddai wrth y Llawforwyn, "fydd rhaid i ti ymladd yn fy erbyn i."

Ysgydwodd Pietro ei ben. Er gwaethaf yr holl bethau erchyll roedd e wedi'u gweld ers camu i'r mynydd, ffrwydrodd chwerthiniad bach haerllug ohono.

"Mae'n braf bod yn ôl," meddai.

LLAIS Y CADFRIDOG

Trodd y Llawforwyn ei phen yn bwyllog, gan gymryd sylw o arwyr y Copa Coch am y tro cynta. Lledodd gwên ddychrynllyd ar draws ei hwyneb.

Daeth llais Gorcan o'i cheg unwaith eto.

Mae'r frwydr hir bron iawn ar ben. Un peth sydd ar ôl i'w wneud – cael gwared ar y llond llaw o elynion sy'n dal i sefyll o'ch blaenau. Edrychwch arnyn nhw, yn gwisgo lifrai Uran heb gywilydd yn y byd.

Cuddiodd Soffi y tu ôl i Pietro, yn difaru dewis y wisg honno.

Dyw'r gelyn ddim wedi rhoi'r gorau i ymladd. Ydych chi?

Bloeddiodd y milwyr, yn ufudd i lais y cadfridog. Rhywle, rhuodd y cranc-fwystfil wrth i Heti ei lywio i mewn i waliau'r deml, a hithau'n cael ei thaflu oddi ar ei gefn cyn codi a pharhau i frwydro.

Camodd Pietro at weddillion y drysau.

"Na!" meddai. "Mae hi'n eich twyllo chi! Allwch chi ddim deall?"

Carcharor
y Deml

Cafodd ei lais yn foddi'n llwyr gan sgrechian y Llawforwyn.

Ymlaen! Ymlaen, filwyr dewr! I mewn i'r deml! All marwolaeth mo'ch rhwystro chi bellach!

Dechreuodd ysbrydion y milwyr redeg yn eu blaenau a neidio i mewn i'r niwl o feleciwm y tu ôl i'r drysau. Fesul un, ffrwydrodd yr ysbrydion wrth chwalu yn ei erbyn, eu heneidiau'n chwythu i'r pedwar gwynt. Ond roedd mwy'n aros. Rhesi ar ben rhesi ohonyn nhw – a gyda phob rhes, roedd y niwl yn teneuo. Yr unig amddiffynfa'n bygwth dymchwel.

Aeth Pietro'n gegrwth. Roedd y Llawforwyn yn rheoli'r milwyr yn llwyr. Roedden nhw'n fodlon gwneud unrhyw beth drosti. Yn union fel yr oedden nhw wedi ufuddhau i ...

... Gorcan.

Edrychodd Pietro i fyny at y ffigwr bach gwyn, ymhell uwch ei ben, yn gwingo yng ngafael y planhigion. Rhedodd at Sara gan afael yn ei braich, a'i phwyntio tua nenfwd y deml.

"Saetha fo i lawr!" mynnodd, yn gweiddi yn ei chlust. "Rhyddha Gorcan! 'Dan ni ei angen o!"

Disgleiriodd breichled Sara wrth i beli o wrth-hud saethu i bob cyfeiriad. Rhai'n bownsio oddi ar y waliau, rhai'n torri rhai o freichiau'r Llawforwyn yn ddwy, gan ei hanafu am y tro cyntaf mewn canrifoedd ...

... ac un yn ffrwydro drwy'r planhigion oedd yn dal Gorcan yn ei le. Dechreuodd ysbryd y cadfridog blymio tua llawr y deml, cyn diflannu ymysg y sborau coch.

Gwibiodd gwreiddyn tuag at Sara o'r cocŵn, yn lapio o'i hamgylch a'i thaflu o'r neilltu. Glaniodd yn galed, yr ergyd yn rhwygo'r freichled yn rhydd o'i chroen.

Sglefriodd y freichled ar hyd y llawr wrth i Soffi a Nad ruthro tuag at Sara a chyrcydu uwchben ei chorff anymwybodol. Arhosodd Pietro ar ôl, yn gwylio mewn ofn wrth i fyddin yr Ymerodraeth fygwth torri i mewn i'r deml.

Daliodd yr ysbrydion i ruthro yn eu blaenau, y rhwystr o feleciwm yn gwanhau ... yn gwanhau ...

... ac yn dymchwel.

Arnofiodd haid o'r ysbrydion ymlaen, eu harfau uwch eu pennau.

Ffion: *Y Llawforwyn, y cranc-fwystfil, a nawr byddin o ysbrydion, ar yr un pryd?*

Orig: *Diwrnod eitha diflas, rhaid cyfadde ...*

Disgynnodd Pietro ar ei bedwar, a theimlad cyfoglyd yn llifo o'i stumog ac yn meddiannu ei gorff. Roedd ei berfeddion ar dân. Pesychodd yn wyllt, ei boer yn tasgu i bob cyfeiriad. Ac yn ei ganol, pelen fach felen yn hedfan ohono ...

Roedd yr ysbrydion bron â'i gyrraedd pan ddaeth y rheng flaen i stop, yn union o'i flaen.

Y bradwr, medden nhw'n fygythiol, yn edrych y tu hwnt i Pietro. Yno, ymhell o afael y milwyr a'r Llawforwyn, roedd merch mewn gwisg felen yn sefyll, un llaw yn brwsio'n hamddenol trwy ei gwallt a'r llall yn gorffwys ar ei chleddyf.

Mantha.

Rydych chi wedi aros yn ddigon hir, meddai. *Dyma fi.*

Trodd y fyddin tuag ati, yn paratoi i ymosod, pan ymddangosodd ffurf arall wrth ei hymyl – dyn musgrell, gyda holltau a rhwygau yn ei arfwisg, ei ffurf yn bygwth syrthio'n ddarnau ar ôl canrifoedd o artaith gan y Llawforwyn.

Ond roedd yr un olwg benderfynol ar wyneb Gorcan ag erioed. Yr un ffyrnigrwydd yn ei lygaid.

Wnes i'ch rhybuddio chi, meddai o'r diwedd, yn anarferol o dawel. *Ddywedais i ei bod hi'n medru newid ei ffurf. Ei llais. Wnaethoch chi ddim gwrando.*

Fesul un, murmurodd ysbrydion y milwyr yn dawel ymysg ei gilydd, yn dechrau dod i ddeall twyll y Llawforwyn. Roedd clywed llais Gorcan yn un peth. Roedd ei *weld* yn beth cwbl wahanol.

Torrodd llais Mantha ar draws y cyfan.

Nid nhw yw'r unig rai i golli eu ffordd, Gorcan.

Edrychodd Gorcan yn syn tuag at Mantha, fel petai yn

ei gweld am y tro cynta. Gostyngodd ei ben, yn drwm dan ganrifoedd o ofid.

Ym mhen arall y deml, agorodd Sara ei hamrannau. Edrychodd o'i chwmpas mewn dryswch, a sylwi o'r diwedd ar Nad yn eistedd wrth ei hochr. Baglodd un gair allan ohoni'n fregus.

"Cer ..."

Tagodd ei llais yn ei gwddw.

"Dy adael di?" sibrydodd Nad. "Dim ffiars. Wnest ti edrych ar fy ôl i yn y carchar 'na. Gad i fi edrych ar dy ôl di am unwaith."

"Na ..." crawciodd Sara. "Y Llawforwyn. Mae rhaid ymosod arni hi. Ac mae'r freichled draw fan'cw, y ffŵl. *Cer.*"

Cododd Nad ei ben. Yno roedd y freichled yn gorwedd ar lawr.

"O," mwmiodd gan wrido.

Y FRWYDR DDIDDIWEDD

Baglodd Nad am y freichled a'i gwthio am ei fraich, y mecanwaith yn uno â'i gorff. Roedd fel petai miloedd o nodwyddau yn cael eu gwasgu i mewn i'w groen ar unwaith. Udodd wrth i'w wythiennau ddisgleirio'n wyrdd, a'r freichled yn tynhau amdano.

Cododd ar ei draed. Saethodd follt ar ôl bollt o wrth-hud i gyfeiriad y Llawforwyn wrth i fwy o'i ffurf wasgu o'r cocŵn, gan ysgwyd pa bynnag enaid oedd ganddi i'r byw. Cyn hir, roedd hi'n rhubanau, y wal gefn i'w gweld yn glir drwy'r holltau oedd yn rhwygo trwyddi.

Rhoddodd Nad waedd, gan yrru ei holl egni drwy'r freichled. Ffrwydrodd honno'n ddarnau wrth i un follt olaf daranu ohoni, gan ddod yn agos at wahanu pen y Llawforwyn o'i chorff, a'r sborau'n pistyllu o'i gwddw hir.

Cwympodd Nad. Roedd y freichled wedi gadael cylch o losgiadau o amgylch ei fraich.

Mae hynny wedi'i harafu hi, meddai Mantha.

"Ond nid ei dinistrio," atebodd Pietro. "Sut yn y byd mae gwneud hynny?"

Rhwng y colofnau yng nghanol y deml, roedd Heti a'r cranc-fwystfil yn dal i ymladd, a Heti'n mynd yn wannach ac yn wannach wrth i'r anghenfil fwydo oddi ar hud y ffynnon wrth ei ymyl.

Anelodd y cranc-fwystfil gic arall tuag ati. Caeodd dwylo Heti o amgylch ei goes. Gydag un ymdrech olaf, aruthrol, troellodd yn ei hunfan, yr anghenfil yn troi mewn cylchoedd o'i hamgylch, a globylau o gnawd yn poeri ohono i bob cyfeiriad.

Gadawodd fynd. Gwingodd y ffurf ddu wrth hwylio drwy'r awyr, cyn rhewi yn ei hunfan wrth daro'r ffynnon.

Trodd y cranc i edrych yn syn wrth i donnau'r ffynnon lifo drosto, yr hud gwyn yn cymysgu â'r corff du, a hwnnw'n cael ei anffurfio a'i dynnu i bob cyfeiriad.

Lledodd llygaid bychain y bwystfil mewn dychryn wrth sylweddoli ei fod yn cael ei sugno i mewn i'r ffynnon. Gwnaeth ei orau i'w achub ei hun, yn crafangu yn erbyn y meleciwm o amgylch y ffynnon, cyn i'r ddisg hud ei lyncu'n gyfangwbl.

Herciodd Heti'n ôl at y gweddill, y Llawforwyn yn dal i ruo y tu ôl iddi.

Ymosodiad y Cranc-fwystfil

"Heti!" ebychodd Pietro, gan redeg tuag ati a gwneud ei orau i'w hiacháu. "Rwyt ti'n athrylith!"

Griddfanodd Heti'n ôl. Roedd y frwydr wedi bod yn ormod, hyd yn oed iddi hi. Trodd Pietro at Mantha, a golwg wyllt yn ei lygaid.

"*Dyna* sut mae gorffen hyn!"

Ymlaen! bloeddiodd Mantha, yn dal ei chleddyf uwch ei phen. *Dyma'n cyfle ni! Ymlaen, filwyr! Ymlaen!*

Syllodd y fyddin arni'n ddrwgdybus ... yna ar Gorcan ... ac yn olaf ar y Llawforwyn, yr holltau ynddi'n dechrau cau wrth i'w chorff anferth ailffurfio.

Safodd rhai o'r fyddin yn eu hunfan. Trodd eraill am y ddinas mewn ymgais fyrbwyll i ddianc. Symudodd neb yr un fodfedd yn nes at y Llawforwyn ...

Nes i lais dorri ar draws, yn codi uwchben y cyfan.

 # Marchogaeth wnawn i ben draw'r byd, fois yr Ymerodraeth ...

Trodd pawb tuag at Soffi. Roedd ei llais yn hyfrytach fyth heb gyfeiliant ei thelyn, yn dyner ac yn fregus, ond rywsut yn codi uwchben synau'r to yn dymchwel, a sgrechfeydd y Llawforwyn.

Yn araf, yn betrusgar, mentrodd ambell un o'r fyddin ymuno â'r gân.

 # Gan godi'n harfau oll ynghyd, fois yr Ymerodraeth ...

Cododd mwy o'r milwyr eu harfau i'r awyr. Ymlwybrodd y rhai oedd wedi ymadael yn ôl i mewn i'r deml, y clwstwr anniben o ysbrydion yn prysur droi'n rhengoedd taclus, a Gorcan Lawgoch yn eu harwain unwaith eto.

Bellach, roeddent yn canu gydag un llais.

 # Yng nghysgod du y mynydd mawr, fe darwn ninnau'r wrach i lawr,
 # A hwylio'n ôl i'n cartrefi clyd, fois yr Ymerodraeth!

Llifodd yr ysbrydion heibio i arwyr y Copa Coch gan anelu'n syth am y Llawforwyn. Heidiodd byddin yr Ymerodraeth i fyny'r colofnau a thros y gwreiddiau trwchus fel pla o locustiaid, yn rhwystro ei dwsinau o freichiau rhag ymladd yn ôl, yn dringo i fyny ei chocŵn, dros ei stumog a'i brest, ac i mewn i'w ffwrnais o geg ...

Yn tagu ac yn poeri ac yn corddi, cafodd y cocŵn ei rwygo'n rhydd o'r colofnau – ac yna ei sugno i ganol y ffynnon. Rhoddodd y Llawforwyn un sgrech olaf wrth ddiflannu i'w dyfnderoedd, y fyddin yn llifo ar ei hôl yn un afon hir.

Ffion: *Roedd y ffynnon wedi'u ... llyncu?*

Orig: *Maen nhw y tu hwnt i'r ffynnon bellach. Mewn byd arall, efallai ... neu'n crwydro'r ffyrdd diddiwedd rhwng bydoedd, fwy na thebyg. Ble bynnag maen nhw, mi fetia i eu bod nhw'n dal i ymladd hyd heddiw, wedi'u carcharu mewn un frwydr hir, yn para am byth.*

Ffion: *Hyfryd.*

Cafodd yr holl chwyn duon eu llusgo i mewn i'r ffynnon ar ôl y cocŵn, gan rwygo allan o'r llawr, a dymchwel colofnau'r deml. Chwalodd un yn friwsion, y nenfwd uwch ei phen yn disgyn wrth i'r deml ysgwyd.

"Fydd y lle 'ma ddim yn sefyll yn hir," meddai Pietro. "Ydych chi'n barod i redeg?"

"Mor barod ag erioed," atebodd Sara. Tynnodd hithau Nad ar ei draed, yntau'n gafael yn boenus yn ei fraich losg. Nodiodd Soffi, gan ddal gweddillion ei thelyn yn dynn.

"Fi'n gwbod y ffordd!" mynnodd Heti, gan arwain pawb o'r deml.

Oedodd Pietro yng ngweddillion y drysau, fel petai rhywbeth yn ei dynnu'n ôl. Trodd ar ei sawdl.

Gwelodd un arall o'r colofnau'n chwalu. Talpiau anferth yn disgyn o'r to. Y milwyr olaf yn cael eu llyncu gan y ffynnon ...

A'r olaf un wedi'i gwisgo mewn melyn.

"Mantha!" bloeddiodd Pietro. "Arhosa!"

Wyddai o ddim sut y clywodd hi. Ond clywed wnaeth hi. Trodd Mantha wrth i'w chyd-filwyr ddiflannu. Gwenodd yn drist cyn i un arall o'r colofnau syrthio.

Aeth y ffurf fach felen ar goll mewn storm o sborau coch a meleciwm gwyrdd.

"Arhosa!" gwaeddodd Pietro'n uwch eto.

Teimlodd law Heti'n cau o amgylch ei goler, yn ei lusgo o'r ffordd wrth i'r deml ddymchwel yn llwyr.

TAWELWCH AR
Y LLETHRAU

Baglodd yr anturiaethwyr fraich ym mraich i lawr y grisiau hir yn arwain at y ddinas. Roedd y deml yn dymchwel, gan ddod â rhannau mawr o'r ogof i'r llawr wrth iddi syrthio. Ar draws y crombil, disgynnai creigiau mân a mawr o'r to, yn chwalu yn erbyn ei hadeiladau. Syrthiodd un tŵr ar waelod y grisiau, gan ysgwyd mwy fyth o dyrau'n rhydd o'u seiliau. Fesul adeilad, fesul stryd, roedd y ddinas yn cael ei cholli am yr eildro.

"Fysach chi'n meddwl 'mod i 'di arfer efo'r math yma o beth," meddai Nad wrtho'i hun. "Ond na."

Brysiodd y pump ar draws y tir agored ar droed y grisiau wrth i dŵr arall ddisgyn ar ben y stordy mawr, yn claddu pob un o'i drysorau am byth.

Ar flaen y criw, rhedodd Heti heibio i un o gronfeydd mawr y ddinas wrth i fwy o grancod ddringo allan.

Ffion: *Mwy ohonyn nhw?*

Orig: *Roedd 'na ddegau ohonyn nhw, mae'n siŵr, yn y twneli cudd o dan y ddinas ei hun.*

Ffion: *Y twneli cudd, o dan y ddinas goll, o fewn y mynydd melltigedig. Dallt yn iawn.*

Daeth pump o grancod o'r dyfroedd, un ar ôl y llall, yn anwybyddu'r anturiaethwyr yn llwyr. Roedd y carthffosydd a'r twneli o dan y ddinas yn cael eu dinistrio, a holl egni'r angenfilod yn cael ei ddefnyddio er mwyn achub eu crwyn a'u cregyn eu hunain.

Rhedodd Heti rhwng y crancod, yn eu gwthio o'r ffordd wrth i adeilad lanio ar ben un ohonyn nhw. Mentrodd Pietro, Soffi a Nad rhwng eu coesau, gan redeg oddi tanyn nhw wrth i Sara ddringo'n hyderus dros eu cregyn, a neidio o un i'r llall cyn glanio'n llyfn wrth ymyl Heti a pharhau i wibio ymlaen.

Gwingodd pawb, heb edrych yn ôl, wrth glywed gweddill y crancod yn cael eu gwasgu'n slwj du o dan bentyrrau o rwbel, eu gwichian a'u sgrechian a'u rhuo yn dorcalonnus, er gwaethaf popeth.

Yn ddigon buan, yr unig eneidiau byw ar gyfyl y ddinas oedd Sara, Pietro, Heti, Nad a Soffi, yn brysio heibio i weddillion y carchar a'r tŵr gwylio, ar draws yr iard fawr yng nghanol y ddinas, a heibio i'r ddrysfa o strydoedd cul oedd eisoes wedi'u llenwi â rwbel, a phob ffordd trwyddyn nhw wedi'i chau am byth.

Arweiniodd Heti bawb at y llwybr cul oedd yn troelli i fyny drwy waliau'r ogof, ble'r oedd Soffi wedi'i hachub rhag yr ysbrydion. Wedi cyrraedd yr uchelfannau, gadawodd Heti iddi ei hun orffwyso am eiliad, ei hysgyfaint ar dân a'i chalon yn curo'n wyllt. Roedd pethau'n dawelach fan hyn, gyda dim ond cerrig mân yn disgyn yn hytrach na'r creigiau mawr oedd yn law cyson dros weddill y ddinas.

Safodd Sara wrth ei hymyl, ei hwyneb yn biws.

"Antur arall drosodd," meddai. "Gobeithio bydd pobol yn ymweld â ni, nawr bod yr ysbrydion wedi mynd. Fydd yr antur nesa yma cyn pen dim, gei di weld."

Edrychodd Heti at Sara, ei llygaid yn gyllyll.

Herciodd y pump tuag adre, pob twll a chornel o'r twnnel yn hen gyfarwydd iddyn nhw bellach. Arhosodd pawb yn rhyfeddol o dawel ar hyd y daith, a holl ddigwyddiadau'r diwrnod yn chwarae drosodd a throsodd yn eu meddyliau.

"Fydd rhaid i ni ddringo o'r pydew 'na rŵan," meddai Nad o'r diwedd, wrth wasgu ei hun drwy'r hollt olaf cyn cyrraedd y brif ogof. "Rhyw ddiwrnod, mae un ohonom ni'n mynd i gofio dod â ... rhaff."

Edrychodd i fyny wrth i'r pedwar arall wasgu ar ei ôl.

Roedd pum rhaff yn hongian o ben y pydew, a'r pentre cyfan yn sefyll o'u cwmpas.

Fi oedd yn y canol, ac Abei wrth fy ymyl. Yna daeth Toto, Meli, a theulu cyfan y Tarhaniaid yn dringo dros ei gilydd ac yn chwarae ar y dibyn, eu rhieni wedi rhoi'r gorau i gadw trefn arnyn nhw. Safai'r cardotwyr, Raini a Chen, ychydig gamau i ffwrdd o'r gweddill, yn syllu'n ddrwgdybus wrth i'r anturiaethwyr ymddangos o dywyllwch y twnnel.

Plethais fy mreichiau a chwerthin yn isel.

"Ro'n i wrthi'n sôn y dylen ni fentro i'r mynydd er mwyn edrych amdanoch chi," meddwn. "Roedd rhai'n haws eu perswadio nag eraill."

Edrychais i gyfeiriad Raini a Chen, a bochau'r ddwy'n cochi wrth iddyn nhw lusgo'u traed yn y baw a'r cerrig mân.

"Roedden ni'n disgwyl y gwaetha, yn enwedig ar ôl i'r mynydd ysgwyd o dan ein traed ni am yr awr ddiwetha. Ddyliwn i wybod y byddech chi'n iawn."

"Perffaith iawn," meddai Sara wrth ddringo un o'r rhaffau. "Yr oll oedd i lawr 'na oedd byddin o ysbrydion, crancod angenfilaidd ... o, a gwrach o'r gorffennol pell oedd eisiau dinistrio'r byd. Dim byd mawr."

Syllais i'n syn wrth i Sara ddringo o'r pydew, a Pietro'n stryffaglu ar ei hôl.

"Fi'n siŵr y gwnaiff Pietro adrodd yr holl stori," meddai Sara, "os y'ch chi'n gofyn yn garedig."

Nodiodd y mynach ei ben, ei feddwl ymhell.

Cerddodd pawb o'r ogof, pob un ohonom gyda'n gilydd. Roedd y glaw yn dal i arllwys o'r awyr lwyd, a gwynt oer yn dal i chwythu dros lethrau'r mynydd.

Rhynnodd Nad, yn tynnu ei ddillad yn dynnach amdano.

"Ro'n i'n gobeithio y byddai'r haul yn gwenu erbyn hyn," meddai. "Dyna'r ffordd mae'r petha 'ma i fod i weithio, ynde? Yn y straeon tylwyth teg."

"Dyw hon ddim yn stori dylwyth teg," atebodd Heti, yn camu heibio'r fynwent yng ngheg yr ogof. Welodd hi ddim bod cofeb newydd yno, wedi'i hadeiladu y diwrnod hwnnw gan Toto a Meli, yr enw 'Jac' wedi'i naddu arni. "Dwi'n meddwl ein bod ni'n haeddu diod, Orig. Ar ôl gorffwys, wrth gwrs."

"Mewn munud," atebais innau. "Mae 'na rywbeth y dylech chi weld gynta."

Arweiniais bawb ar draws y pentre, tua'r llethrau ar ogledd-ddwyrain y mynydd. Safodd pawb ar y dibyn, yn edrych dros y wlad tua'r Goedwig Fain.

Yno, yn llenwi cwm ger cyrion y goedwig, roedd anifeiliaid ac adar mân yn chwarae ar lannau llyn newydd sbon, ei ddyfroedd yn dywyll.

"Ymddangosodd e toc cyn cinio," meddwn, "y dŵr yn ffrydio mas o'r mynydd mewn afonydd. Rhywbeth i'w wneud 'da chi, fi'n cymryd."

Nodiodd Sara, ac eistedd ar y dibyn. Ymunodd Heti, Pietro, Nad a Soffi, yn gwylio'r holl fywyd gwyllt yn hawlio'r glannau.

Eisteddodd y pump yno'n hir, ymhell ar ôl i weddill y pentre fynd i'w gwlâu, a'r nos yn cau o'u cwmpas.

CHWEDLAU COLL

Aeth rhai dyddiau heibio.

Treuliodd yr anturiaethwyr y rhan fwyaf o'r amser yn eu cartref ger cyrion y pentre, yn gwneud eu gorau i ddod dros yr antur a llenwi'r bylchau yn straeon ei gilydd. Cadwodd Pietro ei ran ei hun o'r antur yn dawel. Mentrodd Sara a Nad at y llyn newydd o dro i dro. Eisteddodd Soffi yng nghornel y Twll bob gyda'r nos yn cyfansoddi cân newydd. Cafodd Heti ei llusgo allan er mwyn gwneud gwaith adeiladu a garddio o bryd i'w gilydd. Ond fel arall, arhosodd y pump dan do yr wythnos honno, gan adael y busnes o redeg y pentre i ... wel ... fi.

Ffion: *Mae'n rhyfeddol bod y lle wedi para mor hir.*
Orig: *Gofalus, nawr.*

Yna daeth yr adeg roedd pawb wedi bod yn awchu amdani. Gwasgodd yr holl bentre drwy ddrws y Twll fin nos, er mwyn clywed Pietro'n adrodd stori'r antur yn y mynydd.

Roedd holl blant y Tarhaniaid yn eistedd gyda'i gilydd ar lawr y dafarn, a Nad yn eistedd ar y bar o'u blaenau, ei goesau wedi'u croesi. Roedd e'n gwneud ei orau i dynnu tusw o flodau hud o'i lawes – ond heb y ffynnon i fwydo ei driciau, roedd pethau fymryn caletach arno. Plyciodd ei law o'i lawes yn fuddugoliaethus, ond ddaeth dim ohoni ond llond llaw o ddail marw'n disgyn yn araf i'r llawr, ac yn toddi'n ddim.

Dechreuodd rhai o'r plant ieuengaf lefain. Daliodd Nad lygad Sara, a hithau'n chwerthin wrthi'i hun yng nghornel y dafarn.

"Be sy'n dy diclo di?" gofynnodd y consuriwr.

"Dim," atebodd Sara. "Mae pethau'n ôl i'r arfer. Dyna'r oll."

Rhwbiodd Nad y llosgiadau ar ei fraich, oedd yn dal i frifo bron i wythnos ar ôl dianc o'r ddinas. Cododd y llaw arall a byseddu'r hen greithiau o amgylch ei geg.

"Un o'r dyddia 'ma," meddai, "gawn ni antur lle dwi'n dod adra'n gyfan."

Chwarddodd Sara eto.

Eisteddai Heti yn y gornel, yn dal yn ei harfwisg newydd, gydag Abei, Toto a Meli'n mynnu ei hamser.

"Mae'r Goedwig Fain yn tyfu'n wyllt," meddai Abei.

"Fydd angen i rywun docio rhai o'r coed un o'r dyddiau 'ma, Heti."

"Ac mae haen o greigiau da ar lethrau'r de angen eu cloddio," meddai Meli.

"A'r gerddi angen eu trin, wrth gwrs," ychwanegodd Toto. "Os am gael mwy o ymwelwyr yn fuan, fydd angen i'r lle 'ma edrych yn ddeche."

Gwagiodd Heti ei gwydr cwrw a thawelu'r tri.

"Deall yn iawn," meddai, gan ysgwyd ei gwydr gwag o'i blaen. "Rydych chi fy angen i. Ond pwy sydd fy angen i fwya, sgwn i?"

Rhuthrodd y tri at y bar, yn brwydro am y fraint o brynu diod i Heti. Gwenodd Soffi wrth ei hymyl, yn gwagio ei gwydr hithau'n fodlon.

Agorodd drws y dafarn a daeth Raini a Chen i mewn yn llechwraidd, yn drewi o gol-tar. Ers marwolaeth Jac, roedd pob ysfa i greu trwbwl wedi'u gadael, a'r ddwy wedi mynd ati i ddod yn adeiladwyr swyddogol y pentre.

"Dyna ni," meddai Raini. "To newydd ar stordy bach yr ardd. Ddyle fe bara'r gaeaf newydd."

"Os nad oes rhywun yn rhwygo fe bant eto," ychwanegodd Chen, gan wgu i gyfeiriad Heti. "Brysia nawr. At y bar. Ti sy'n prynu."

Safodd Pietro, yn clirio ei wddw. Tawelodd pawb fwy

neu lai yn syth, a hyd yn oed y plant yn bihafio am unwaith.

"Diolch," meddai Pietro'n dawel. "Reit. Mae'n hen bryd i chi glywed be ddigwyddodd, debyg. Rŵan ta, lle i gychwyn?"

Torrodd Soffi ar ei draws gan godi ar ei thraed a chychwyn am y drws, a gweddillion ei thelyn yn dal ar ei chefn.

"Dyma lle dwi'n gadael," meddai. "Ar ôl byw drwyddi hi unwaith, dwi ddim yn siŵr ydw i isio clywed yr holl stori eto."

"Gadael?" gofynnais innau. "Ond mae'n ddu bitsh tu fas."

"Does dim amser gwell i deithio, medden nhw," cynigiodd Heti. Cododd ar ei thraed ac ysgwyd llaw'r gantores yn egnïol. "Ffarwel, Soffi o Theresos. Diolch am bopeth."

Gwenodd Soffi eto gan godi ei chwfl, ac agor y drws led y pen.

"Wnei di ganu amdanom ni," gofynnodd Sara, "a dweud wrth y byd beth ddigwyddodd yma?"

"Mae braidd yn anodd â thelyn wedi torri," atebodd Soffi, cyn ymestyn yn ddwfn i bocedi ei dillad a datgelu llond llaw o ddarnau aur. "Ond fe wnes i 'fenthyg' ambell drysor o'r stordy 'na'n y crombil. Dwi'n nabod gof yn yr Uchelgaer fydd yn medru ei thrwsio hi mewn chwinciad ... am y pris iawn. Ac oes, mae gen i gân newydd. Ar ei hanner, cofiwch. Ond mae'n un fydd yn werth ei chlywed."

"Cân am be?" gofynnodd Nad.

Oedodd Soffi cyn ateb.

"Am y Copa Coch, a'r pentre bach rhyfedd sydd wedi blaguro arno fel blodyn gwyllt. Am berthyn. Cyfeillgarwch. Cartre. Am yr Horwth a'r Llawforwyn. Am y felltith yn y mynydd ... a'r arwyr ddaeth â hi i ben."

Gwenodd Soffi am y tro olaf. Taflodd ddarn o aur tuag ataf, minnau'n ymdrechu i'w ddal wrth i'r drws gau, gan adael y dafarn mewn tawelwch.

Cliriodd Pietro ei wddw eto, y stori ar fin cychwyn.

"Eitha reit," ebychodd Raini. "O'r diwedd! Gawn ni ddysgu pwy yn union ydi'r Llawforwyn 'ma."

"A sut yn union mae trechu byddin o ysbrydion," meddai Chen.

"A beth yw hyn am grancod mawr?" gofynnodd Abei. "Gawsoch chi wared arnyn nhw, gobeithio?"

"Gewch chi glywed hyn i gyd," meddai Pietro. "Rywdro eto."

Eisteddodd pawb yn syfrdan. Aeth Pietro yn ei flaen, gan rwystro unrhyw un rhag protestio.

"Mae'r stori yna'n un dda. Yn gyffrous. Yn llawn ymladd, ac antur, a thrysor. Mymryn yn ddychrynllyd ar brydia, bosib. Mae rhai o'r plant 'ma'n *sicr* yn rhy ifanc. Ond 'ta waeth. Stori arall sydd gen i ar eich cyfer chi heno 'ma.

Hen, hen stori, sydd ddim wedi'i hadrodd yn llawn ... tan rŵan.

"Stori am arwr cyntaf un y Copa Coch. Ei henw oedd Mantha."

FFION AC ORIG

Eisteddai Ffion ac Orig ochr yn ochr ar y clogwyni uwchben gweddillion y ddinas.

"Dwi'n falch bod rhywun yn cofio Mantha," meddai Ffion yn dawel, yn gwneud ei gorau i beidio torri ar ddistawrwydd yr ogof. Nodiodd Orig ei ben. "A Soffi? Orffennodd hi ei chân erioed?"

"Do wir," meddai Orig. "O beth y'n ni'n ddeall, fe gyrhaeddodd hi Borth y Seirff, ac ymlaen i'r Ymerodraeth. A phob cam o'r daith, roedd hi'n mynnu canu am y Copa Coch i unrhyw un oedd yn fodlon gwrando. Aeth y si ar led bod y mynydd bellach yn lle diogel, bod yr hen felltith wedi'i chodi, a'r pentre'n barod i groesawu anturiaethwyr, masnachwyr, dewiniaid, helwyr trysor ..."

"Ac fe ddaethon nhw?"

"Un neu ddau i ddechrau. Ac yna mwy a mwy, rhai'n mynd a dod, eraill yn setlo yma. Yn ddigon buan, doedd arwyr y Copa Coch byth ymhell o antur. Rhai digon tila i ddechrau, wrth gwrs. Cist yn llawn trysor coll ar waelod Llyn y Cythraul Bach. Rhyw gyw arglwydd yn creu trafferth ar gyrion Swrania. Ellyll y gwynt yn hel stŵr yn y Goedwig Fain ... ddim byd werth 'i adrodd, a dweud y gwir."

"Och. Diflas wyt ti, Orig."

"Ac yna ..."

Oedodd Orig.

"Ac yna be?" gofynnodd Ffion. Gwenodd yr hen ddyn a chodi ar ei draed.

"Dilyna fi," meddai.

Diflannodd Orig i mewn i'r twnnel yn arwain allan o'r mynydd. Cychwynnodd Ffion ar ei ôl ...

... ac yna oedodd, yn teimlo gwynt oer yn chwipio heibio iddi gan godi'r blew ar gefn ei gwddw. Trodd i weld ffigwr gwyn mewn arfwisg dyllog yn edrych yn ôl, a dau dwll yn ei benglog lle roedd ei lygaid wedi bod.

"S-s-stori dda," meddai. "Dim ots f-faint o weithie rwy'n ei ch-chlywed hi."

Y tu ôl iddo, cododd ffurf arall o waelodion y ddinas. Merch yn disgleirio'n felyn llachar, ei llygaid yn gwenu o dan gudynnau o wallt trwchus.

Cododd awel ysgafn yn yr ogof, a'r ddau ysbryd yn chwythu i ffwrdd mewn chwa o oleuadau bach melyn a gwyn, gan hedfan dros olion y ddinas.